中國語言文字研究輯刊

二七編

第 **10** 冊

明代量詞及其語法化研究（下）

閆　瀟　著

花木蘭文化事業有限公司

國家圖書館出版品預行編目資料

明代量詞及其語法化研究（下）／閆瀟 著 -- 初版 -- 新北市：
花木蘭文化事業有限公司，2024〔民 113〕
目 2+182 面；21×29.7 公分
（中國語言文字研究輯刊　二七編；第 10 冊）
ISBN 978-626-344-836-0（精裝）
1.CST：漢語語法 2.CST：明代文學
802.08　　　　　　　　　　　　　　　113009385

中國語言文字研究輯刊
二七編　第 十 冊　　　　　ISBN：978-626-344-836-0

明代量詞及其語法化研究（下）

作　　者　閆瀟
總 編 輯　杜潔祥
副總編輯　楊嘉樂
編輯主任　許郁翎
編　　輯　潘玟靜、蔡正宣　美術編輯　陳逸婷
出　　版　花木蘭文化事業有限公司
發 行 人　高小娟
聯絡地址　235 新北市中和區中安街七二號十三樓
　　　　　電話：02-2923-1455 ／傳真：02-2923-1452
網　　址　http://www.huamulan.tw 信箱 service@huamulans.com
印　　刷　普羅文化出版廣告事業
初　　版　2024 年 9 月
定　　價　二七編 13 冊（精裝）新台幣 42,000 元

明代量詞及其語法化研究（下）

閆瀟　著

第三章　明代借用名量詞和制度量詞研究

　　借用量詞和制度量詞是名量詞系統重要的組成部分，這兩類量詞大多是從名詞發展而來。借用量詞有的是臨時借用，曇花一現，有的因長期借用沿用到現代漢語中；制度量詞多是人為制定的，用法穩定。明代借用量詞較前代更為多見，成為開放的、難以窮盡的一類，其用法也更加靈活、完善。統計明代白話小說中出現的借用名量詞和制度量詞如下，並對其用法簡單描述。

第一節　借用名量詞研究

　　量詞與名詞存在著十分密切的聯繫，借用量詞「這類詞借用名詞而來，而且在運用中具備了量詞的特點。其量詞意義是在語境中體現的」。[註1] 現對明代白話小說中的借用量詞進行分類介紹，共分為容載型借用量詞、容附處所型量詞和估量型量詞三類。

一、容載型借用量詞

　　容載型借用量詞即借容器或其他載體用為量詞，這類量詞到明代已成為一個開放的範疇，用法也更靈活，我們就明代白話小說中常見借用量詞簡單

〔註1〕 何傑：《現代漢語量詞研究》，北京：北京語言大學出版社，2008 年，第 38 頁。

舉例，從而瞭解明代白話小說中容載型借用量詞的概況。明代白話小說中見到的容器類量詞有：杯、甌、壺、觴、杓、卮、樽（罇、尊）、旋（鏇）、鍾、盅、盞、罌、瓢、瓠、壇、缸、盂、碟（楪）、碗、盤、盆、缽、罐、甕、埕、爵、角、桶、匣、爐、籃、簏、籮、筒（篗）、筐、畚、囊、篋、箱、籠、篩、簍、鍋、袋、櫃、瓶、瓟、匙、勺、簋、豆、盒（合）、倉、困、廂、車、船、舟、艙、棹、錫壺、銅盆、舡艙、缽盂、缽頭、素子（素兒）、布袋、笊籬、箱籠、皮箱、扇籠、葫蘆、花瓶、刀圭、弔桶……

1. 杯

古代盛羹或注酒的器皿，借用為量詞，在明代白話小說中主要稱量酒，如：

（1）連忙篩了一大銀盃酒，送與元娘。《歡喜冤家・第五回》

（2）凤緣有在，即當遣聘成婚，攜帶小弟吃一杯喜酒。《禪真逸史・第三十一回》

也可以稱量水、茶、毒藥等，如：

（3）莫說是吃了他的酒飯，總然飲了他一杯水。《鼓掌絕塵・第十三回》

（4）覺空笑嘻嘻捧著一個點心盒兒擺下，又取了一杯香茶。《歡喜冤家・第十一回》

（5）作劉安雞犬，豈汝一杯鴆能斷送乎！《情史・卷十四》

「杯」還可以加詞綴「兒」，如：

（6）在後邊屋下坐了吃一杯兒。《歡喜冤家・第八回》

2. 甌

小盆、小碗一類的容器，明代小說中多用作量詞稱量酒水，如：

（1）媽媽，常言三杯和萬事，再奉一甌。《石點頭・第十二卷》

（2）只見這一所街道，都是些善信之士，聞得呂元圭求酒，這一家也與他幾甌，那一家也與他幾碗。《飛劍記・第六回》

用於「一AA」式，如：

（3）將玉器內甘泉，一甌甌捧與菩薩。《西遊記・第二十六回》

還可以加詞綴「兒」和「子」，如：

（4）於是春梅向水盆倒了一甌兒梅湯。《金瓶梅·第二十九回》

（5）乃喝了一兩甌子酒，往屋裏去睡。《東度記·第五十五回》

3. 壺

古代用於盛酒水或糧食的器皿，借用作量詞稱量酒、茶、湯等液體，如：

（1）雇一隻小舟，沽幾壺美酒，買幾品小色海味之類，兩人對酌，一詠一觴。《醋葫蘆·第八回》

（2）韋家哥哥在此，你可烹一壺香茶送來。《石點頭·第九回》

（3）手提一壺蜜煎梅湯，笑嘻嘻走來。《金瓶梅·第二十九回》

也可以稱量固體，如：

（4）水晶光浸一壺冰，七尺珊瑚紅映。《檮杌閒評·第三十回》

還可以稱量箭，如：

（5）足穿一雙金線抹綠皂朝靴，帶一張弓，插一壺箭，引領從人。《水滸傳·第九回》

（6）背插飛刀兩口，腰懸短箭一壺。《禪真逸史·第三十八回》

也出現在「一AA」形式，如：

（7）大人不消忙得，但憑抬幾隻空缸來，我一壺壺還與大人，若少一滴，願賠一缸。《韓湘子全傳·第十五回》

4. 觴

本為盛滿酒的酒杯，後詞義泛化，可指各種酒器，用於稱量酒，如：

（1）就斟了三巨觴，也去回敬，次第相送。《鼓掌絕塵·第十二回》

（2）列燭置席，舉酒數觴。《情史·卷二十一》

5. 杓

本義是有柄的舀東西的器具，借用作量詞，稱量水和液體狀食物，如：

（1）雞在鍋裏正滾得好，賽兒又挽幾杓水澆滅灶裏火。《初刻拍案驚奇·卷三十一》

（2）千斤熬一杓，一杓煉三分。《西遊記·第七十三回》

6. 卮

本義是古代的酒器，借用作量詞稱量酒，如：

（1）吝治一卮濁酒，半文不費，竟圖萬頃良田。《歡喜冤家·第十二回》

（2）為買東平酒一卮，邇來相會話仙機。《韓湘子全傳·第二十七回》

此外，「卮」還可以加詞綴「子」，如：

（3）又見神座前，擺下一大盤蔬菜，一卮子酒。《醒世恒言·第三十七卷》

7. 樽（墫、尊）

本指盛酒器，借用作稱量酒水的量詞，如：

（1）今夜留一樽酒、一個榼及暖酒家火、薪炭之類，多安放船中。《二刻拍案驚奇·卷三十九》

（2）外析儀一百兩、羊四口、酒四樽，牲禮之類。《禪真逸史·第三十六回》

字亦作「墫」或「尊」，如：

（3）任道士見帖兒上，寫著謹具，粗段一端，魯酒一墫。《金瓶梅·第九十三回》

（4）杜蕚就著人去買一副小三牲，酒一尊，香燭紙馬，隨即走到高土堆前。《鼓掌絕塵·第一回》

8. 旋（鏇）

「旋」即「鏇子」，溫酒的器具，借用稱量酒，如：

（1）取酒傾在盆裏，舀半鏇子。《水滸傳·第二十一回》

（2）討了一旋酒，請鄆哥吃。《水滸傳·第二十五回》

字亦作「鏇」，如：

（3）討了一鏇酒請鄆哥吃了。《金瓶梅·第五回》

（4）少停，當直的暖到一大鏇酒，約有六七斤，二十來個大饒鏌和豬肉羊蹄，一行兒擺在桌上。《三隧平妖傳·第十七回》

9. 鍾

本指盛酒或茶的器皿，多借用作量詞稱量酒，如：

（1）不如解組歸林下，消遣年華酒數鍾。《鼓掌絕塵·第三十六回》

（2）道戲答之曰：「座上若有一點紅，斗筲之器飲千鍾。」《國色天香·尋芳雅集》

還可以稱量茶、血等液體，如：

（3）正值秦叔寶來家吃中飯，小二不擺飯，自己送一鍾暖茶到房內。《隋史遺文·第五回》

（4）吃了幾鍾膿血，不要嘴兒舌兒的。《醋葫蘆·第二回》

可以稱量米飯、粟等飯食，如：

（5）就泡了半鍾大米飯吃了，那知那瘧疾竟止了。《檮杌閒評·第五回》

（6）誰不羨，千鍾粟。《歡喜冤家·第二十一回》

還可以稱量俸祿，如：

（7）珍饈百味出天廚，美祿千鍾來異域。《檮杌閒評·第二回》

在《金瓶梅》中常加詞綴「兒」使用，如：

（8）李大姐，你好甜酒兒，吃上一鍾兒。《金瓶梅·第六十一回》

10. 盅

指沒有把兒的小杯子，現代仍是常用器，借用作量詞，稱量酒，如：

（1）大家都定要把這一盅酒，飲得告幹千歲、一覆無滴，方才罷休。《西湖二集·四二十卷》

（2）吃得一千盅的量，便吃得二千盅。《隋煬帝豔史·第二十五回》

11. 盞₂

本指淺而小的杯子，借用作量詞，稱量酒等液體，明代白話小說中多稱量湯、茶等，如：

（1）坐到不敢領了，老拙此來非為別事，只因山妻患病思量一盞酸湯吃，敝村人家都無醯醋，特乞官人少假些須，容日奉還。《七十二朝人物演義·卷八》

（2）你快回去，買七分斗紙，時鮮菓品，香花燈燭，淨茶七盞，七盞斗燈，於潔淨處排下，將符燒化了。《貪欣誤·第五回》

12. 罌

為古代盛物的一種瓦器，借用為量詞，稱量酒，如：

（1）寺僮以酒一罌來饋，寧啟納之下，女避伏床下。《情史·卷二十》

13. 瓢

本是將葫蘆剖成兩半而製成的舀或盛水、酒的器物，借用為容器量詞，明代小說中多稱量酒、水等液體，如：

（1）這客人手拿半瓢酒，望松林裏便走。《水滸傳·第十六回》

（2）到了光骨頭時節，小鬼們把骨頭澆一瓢冷水，原來還是個漢子。《咒棗記·第十三回》

也可以稱量藥等固體，如：

（3）出藥一瓢與公曰：「服一粒，可以禦寒暑。」《東遊記·第三十一回》

14. 觚

為古代飲酒器，借用為量詞，如：

（1）嗣大悅，語至夜半，賜「御縹醪」十觚，水晶鹽一兩，曰：「朕味卿言如此，故欲共餐其美！」《東西晉演義·第三四四回》

15. 壇

一種口小腹大的陶器，借用為量詞，明代白話小說中用來稱量酒、水等液體，如：

（1）買了一大壇酒並金銀紙馬。《檮杌閒評·第六回》

（2）貧道捨一壇甘雨，救濟生靈。《三隧平妖傳·第十七回》

還可以稱量菜、金子等固體，如：

（3）若是受了你滿堂香燭、一壇素菜。《西湖二集·第五卷》

（4）更有一壇金子，方才倪老先生有命。《今古奇觀·第三卷》

值得注意的是，「壇」在明代小說中用法靈活，可以稱量抽象事物，如：

（5）我八人願修一壇懺罪功果。《東度記·第八十三回》

（6）一壇神將，怎麼用一個豬頭祭他？《韓湘子全傳·第十二回》

（7）四壁圖書娛夢寐，一壇雲樹稱吟身。《七十二朝人物演義·卷十一》

16. 缸

古代的陶製容器，借用作量詞，常稱量酒、水，如：

（1）張千把酒裝了十數缸，這葫蘆只是不滿。《韓湘子全傳·第十五回》

（2）隨引入裏面，打起一缸清水，淨了浴，穿起衣服。《石點頭·第十一回》

還可以稱量粥、醬、魚鮓等吃食，如：

（3）仍每裏煮粥於通衢，如窮鄉村落之處，亦每裏給米四石，令四人兼押一缸粥。《于少保萃忠全傳·第九回》

（4）長安一人家，造醬一大缸，有毒蛇淹死其中，主人不知。《東遊記·第五十六回》

（5）侃少曾為得陽吏，奉官差常監魚梁，私以一缸魚鮓使人送歸以奉母。《東西晉演義·第一百五回》

還可以稱量火，如：

（6）那一缸火，是現成的，為何澆隱了？《歡喜冤家·第八回》

17. 盂

本義是盛飯的器皿，借用作量詞，稱量酒、水，如：

（1）只見那道旁有個田夫手中拿了一隻豬蹄，捧了一盂淡酒祭獻那田頭土地。《七十二朝人物演義·卷二十六》

（2）盛水半盂，遞與行者。《西遊記·第三十一回》

還可以稱量飯食，如：

（3）那僧與他一盂飯道：「這是莎米飯，其味甚苦，我與你澆一杯肉汁。」《西湖二集‧第三十一卷》

18. 碟（楪）

盛食物的小盤，借用作量詞，稱量食物，如：

（1）向門縫裏張時，只見石小姐將這碟醃菜葉兒過飯。《今古奇觀‧第二卷》

（2）酒保將四碟菜，一盤豆腐，一壺酒，一隻碗。《三教偶拈‧濟顛羅漢淨慈寺顯聖記》

明代小說中常加詞綴「子」或「兒」，甚至兩個都加，如：

（3）咱整理幾碟子來，篩上壺酒。《金瓶梅‧第三十三回》

（4）武行者看了自己面前，只是一碟兒熟菜，不由的不氣。《水滸傳‧第三十二回》

（5）自從他死了，好應心的菜也沒一碟子兒。《金瓶梅‧第七十三回》

字亦可作「楪」，如：

（6）麗人令遺母蒸羊一楪。《情史‧卷二十一》

19. 碗2

盛飲食的器具，借用作量詞，稱量飯食，如：

（1）母親與仲子坐下，擺列齊齊整整，內有肥鵝一碗，只揀好的揀在仲子箸頭上，這也是父母愛子之心。《隋史遺文‧第二十一回》

（2）早晚止吃得一碗糜粥，並無他物。《禪真逸史‧第十九回》

稱量茶、水、湯汁等，如：

（3）倒吃了三四碗茶，只吃得半碗飯，就叫妻子收過了。《七十二朝人物演義‧卷二十三》

（4）會唱不唱者，罰飲冷水一大碗，明日再罰東道。《檮杌閒評‧第二十一回》

（5）拿了一碗薑湯，殷殷勤勤，推進房門。《鼓掌絕塵‧第三十二回》

20. 盤

本是一種盛器，借用來稱量飯食，如：

（1）荔枝一盤，龍眼一盤。胡桃一盤，膠棗一盤。《鼓掌絕塵‧第三十回》

（2）正說時，只見吳良、吳恢托出一盤酒菜來，扯開桌子，說：「且請酌三杯。」《英烈傳‧第七回》

還可以加詞綴「子」和「兒」，如：

（3）又捧出一盤子散碎金銀。《西遊記‧第四十八回》

（4）兩盤兒捧到石桌上放下。《西遊記‧七十二回》

21. 盆

盛東西或洗滌用的器皿，借作量詞，多稱量酒、水等，常前加形容詞，如：

（1）骨都都的將這一大盆火酒一吞一吐。《西湖二集‧第二十八卷》

（2）只見一個小嘍囉掇一大銅盆水來。《水滸傳‧第三十二回》

（3）王老佛，可將一盆熱湯來，與這客官洗面。《石點頭‧第三回》

但是明代白話小說中還可以稱量火、飯食和菊花，如：

（4）只見果有兩口棺木，恰正掇起心頭火一盆。《鼓掌絕塵‧第三十九回》

（5）正才煮了午飯，盛起兩盆。《西遊記‧第五十七回》

（6）看見幾盆黃菊，將已開發。《醋葫蘆‧第四回》

22. 缽

一種盛東西的敞口器具，借作量詞，稱量食物，如：

（1）正到直北下人家化了一缽素齋。《西遊記‧第二十二回》

（2）饑餐一缽千家飯，寒著千針一衲袍。《西遊記‧第十九回》

23. 掇

盛東西的器物，借用作量詞，如：

（1）那大伯取出一掇酒來開了，安在卓子上，請兩個媒人各吃了四盞。《喻世明言·第三十三卷》

（2）共是四葷四素，一大壺酒，一錫掇子白米。《三隧平妖傳·第九回》

24. 罐

盛水或其他器物的器具，借作量詞，多稱量液體，常前加形容詞「大」，如：

（1）今後唯早晨煎清泉二罐，煎至半落，以兩罐合煎作一罐，早午晚各飲二甌。《杜騙新書·第二十一類·僧道騙》

（2）李秀叫渾家炊了一斗米飯，煮一個大豬首，宰了一隻鵝，開了一大罐酒。《禪真逸史·第九回》

還可以稱量棋子，如：

（3）奕秋在家中鋪了一個揪枰，擺了兩罐棋子，燒了一爐清香，煮了一壺香茗，掩上了兩扇的笆籬門兒，……周而復始。《七十二朝人物演義·卷三十三》

還可以加詞綴「子」和「兒」，如：

（4）那裏是甚香米飯，卻是一罐子拖尾巴的長蛆。《西遊記·第二十七回》

（5）送了我一罐兒百補延齡丹。《金瓶梅·第六十七回》

25. 甕

盛東西用的一種腹部較大的陶器，借用作量詞，稱量酒，如：

（1）快去把那書案上剩的那一甕雪酒攜來。《鼓掌絕塵·第二十一回》

（2）徒弟們你買一壺，我沽一甕，猜枚說令，只聽的庵前喊叫，鑼鼓轟天。《東度記·第五回》

還可以稱量金子，如：

（3）尋掘松根，得金一甕，皆刻告氏字。《國色天香・尋芳雅集》

26. 埕

即罎子，借用作量詞，常稱量酒，如：

（1）管廚官又取一埕好酒與二人，霎時間又飲盡了。頃刻吃盡了四埕美酒。《禪真逸史・第四十回》

（2）料來也是換得幾埕酒吃。《鼓掌絕塵・第二十二回》

還可以用來稱量金銀，如：

（3）其屋中棟左間，埋銀五千兩，作五埕。右間埋銀五千兩、金一千兩，作六埕，都與善述，準作田園。《皇明諸司廉明奇判公案・下卷》

27. 爵

古代青銅製的一種酒器，用以盛酒或溫酒，借為容器量詞，稱量酒，如：

（1）皇上大喜，親舉金杯賜酒三爵，特賜金花、金牌表裏。《檮杌閒評・第二十九回》

（2）子產致敬盡恭，跪獻三爵，然後叩首，禮畢下臺，仍舊上車過水。《七十二朝人物演義・卷八十四》

28. 角₂

古代酒器，借用來稱量酒，如：

（1）隨把襖子換了，沽兩角酒，並些案酒之物。《石點頭・第十三回》

（2）打兩角酒，要暖得滾熱，卻不用小杯。《三遂平妖傳・第十九回》

29. 桶

古代一種量器，借用作量詞，多稱量水，如：

（1）即教養娘去提過一桶水來，傾在穴內。《今古奇觀・第二卷》

（2）聽了這話，就如分開八片頂陽骨，傾下一桶冰雪水。《禪

真逸史‧第十二回》

稱量其他事物，如：

（3）將杓兒兜滿了兩桶糞。《歡喜冤家‧第十回》

（4）適新郭人來買漆，舁之一桶去。《情史‧卷十八》

（5）此火藥半桶，鋪火磚四個、蒺藜一百個。《西湖二集‧第十七卷》

30. 匣

收藏東西的器具，用作量詞稱量用匣所盛之物，如：

（1）至晚，具雲履一雙、美女一軸、金扇一柄、水晶糖一匣，自取一謎，令梅饋生。《國色天香‧劉生覓蓮記》

（2）忙叫興兒到家取了一匣金銀來。《今古奇觀‧第十卷》

（3）青麟髓二斤（計八匣）。《鼓掌絕塵‧第十五回》

31. 爐

供燒水做飯、取暖的裝置，用做量詞多稱量香，如：

（1）只見桌上焚著一爐香，面前放著一杯茶。《檮杌閒評‧第二十八回》

（2）寫罷，教焚起一爐好香，向天祝禱，拜了四拜。《石點頭‧第十三回》

還可以稱量爐中產生的火，如：

（3）向此一爐火，切莫生驚顧。《三教偶拈‧濟顛羅漢淨慈寺顯聖記》

32. 籃

一種盛物器，借作量詞，稱量用籃所盛之物，如：

（1）忽有個經紀，挑著一籃永嘉黃柑子過門。《二刻拍案驚奇‧卷十四》

（2）只有兩籃小桃，三籃中桃。《西遊記‧第五回》

（3）買了一籃魚肉雞鵝菜蔬果品之類。《金瓶梅‧第六回》

33. 籭

竹篾編的盛器物，借用作量詞，如：

（1）御賜金犀一籭，與他壓驚。《今古奇觀・第三十六卷》

（2）特賜壓驚物一籭，獎其幼志。《今古奇觀・第三十六卷》

34. 籮

古今常用竹器，借用為量詞，如：

（1）床頭一籮穀，自有人來哭。《醋葫蘆・第二回》

35. 筒（筩）

本為竹管、管，語義泛化可指管狀器物或水筒，借用為量詞，如：

（1）且將就買一筒蚊煙燒著。《歡喜冤家・第九回》

（2）好三梭布，也有三二佰筒。《金瓶梅・第七回》

（3）三個婦人還看著陳經濟在門首，放了兩筒一丈菊，和一筒大煙蘭。《金瓶梅・第二十四回》

36. 筐

方形的盛物竹器，借用作量詞稱量用筐所盛之物，如：

（1）城上早放下數十筐筏籮落來……仍又放下數十筐緞帛下來。《于少保萃忠全傳・第二十回》

（2）楚君知之，每每將脯一束、糗一筐以饋子文，子文即逃往深山中避之。《七十二朝人物演義・第七卷》

37. 奩

指盒匣一類的盛物器具，借用為量詞，如：

（1）遂使小黃門田香兒，以紫玉軟絲同心結兒一奩，並合歡水果，盛以金泥小盒，密封遺公主。《喻世明言・第三十七卷》

38. 囊

本義為口袋，借用為容器量詞，如：

（1）勝得詩，知生決行，以玉臂一副、簪一根、琴一囊、錦一匹。《國色天香・天緣奇遇》

（2）乃攜書一囊，辭別鄉中鄰友。《今古奇觀・第十二卷》

（3）懸一囊毒藥弓矢，拿一杆點鋼大叉。《西遊記・第十三回》

39. 篋

本為一種竹器，由此借用為容器量詞，如：

（1）後賜金帛一篋，謝恩而出。《情史・卷六》

（2）於內擒得一篋文書，道規啟篋視之。《東西晉演義・第三二五回》

（3）突厥與中國交市時，有明珠一篋，價值八百萬兩。《隋煬帝艷史・第一回》

40. 箱

收藏衣物的方形器具，借用作量詞可以稱量用箱所裝之物，如：

（1）自取出一箱段匹綢絹。《水滸傳・第二十三回》

（2）衣服首飾、金寶珠玉滿滿八箱。《歡喜冤家・第十一回》

（3）及超病甚，出兩箱書。《東西晉演義・第二五回》

明代白話小說中可以加詞綴「子」還可以用於「一AA」式，如：

（4）領籌搬運貨，一箱箱堆卸在樓上。《金瓶梅・第五十九回》

（5）你和大老婆串同了，把我家寄放的八箱子金銀細軟、玉帶寶石東西……都帶來嫁了漢子。《金瓶梅・第九十二回》

41. 籠

本為一種盛物的竹器，借用為容器量詞，常用來稱量吃食，如：

（1）又做了一籠誇餡肉角兒，等西門慶來吃。《金瓶梅・第八回》

（2）擂豆擂了百來擔，蒸餅蒸了千餘籠。《三教偶拈・濟顛道濟禪師語錄》

還可以稱量其他事物，如：

（3）廊下掛十數籠各色雀鳥，一見了人，眾聲齊發。《檮杌閒評・第二十三回》

（4）叫莊客取一籠衣裳出來。《水滸傳・第十一回》

（5）夏月行兵難住馬，一籠大傘罩征鞍。《封神演義・第三十

九回》

42. 篩

即篩子，一種竹絲或金屬絲等編製成的器具，借用為量詞，如：

（1）題畢，見一後生挑擔辣虀粉。濟公曰：「怎麼賣？」後生曰：「百文錢一篩。」濟公要提點作一辣虀主人。提點曰：「你只顧吃，我還錢。」那後生盛一碗來，濟公做兩三口吃了，教只顧盛來，一上吃了半篩。《三教偶拈·濟顛羅漢淨慈寺顯聖記》

43. 簍

簍子，由此借用為量詞，稱量用簍所盛之物，如：

（1）這家傾上水幾盆，那家過上灰半簍。《石點頭·第四回》

（2）我那一簍紅橘，自從到船中，不曾開看，莫不人氣蒸爛了？《今古奇觀·第九卷》

（3）左氏聽已拴房門，即密出，將兩半簍油傾起，把兩半簍水注入，再到房門密聽。《杜騙新書·第十八類·婦人騙》

還可以加詞綴「兒」，如：

（4）醒來時愛他原來一簍兒千金價。《金瓶梅·第十二回》

44. 鍋

烹煮食物的器具，借用作量詞，稱量水、油等，如：

（1）巫雲燒了一鍋浴湯，放在盆中道：「相公洗浴。」《歡喜冤家·第十回》

（2）叫店家燒了一鍋水，悄地放下一束草，煎成藥湯。《二刻拍案驚奇·卷二九》

（3）又去行囊內取出隨身帶的小銅鍋，裝了一鍋雪，架在地灶上……卻熬熬煎煎，熬的一鍋油。《韓湘子全傳·第二十一回》

45. 袋

袋子、口袋，一種盛器，借用作量詞，稱量袋子所盛之物，如：

（1）一個是王嬌蓮，捧著一袋弓箭。《初刻拍案驚奇·卷三十一》

（2）被兒送你包孩子的，又是一袋炒米並糕餅，叫你路上保

重。《檮杌閒評・第五回》

（3）如其身在，奉命來朝，陛下容納，不過宣政一見，禮賓一設，賜衣一袋，衛而出境，不令惑眾。《東遊記・第三十一回》

46. 櫃

本指小匣，後指收藏衣物文件等的櫃子，用作量詞，稱量櫃子所盛之物，如：

（1）夜來獲得賊贓一櫃，白馬一匹。《西遊記・第八十五回》

（2）任忠逃回，陳主也不責他，與他金兩櫃，叫他募人出戰。《隋史遺文・第一回》

47. 瓶

古代用於汲水或盛酒食的器具，借用作量詞，多稱量液體，如：

（1）金蓮取出胡蘆，將水收在裏面，只有半瓶。《混唐後傳・第六回》

（2）提了一瓶酒，買了幾味肴撰回店。《禪真逸史・第二回》
用於稱量菜品以及插在瓶中的花草，如：

（3）又見小童拿了幾瓶精緻小菜走過來道：「縣君……送來奉用。」《二刻拍案驚奇・卷十四》

（4）縐紗二端，白金五兩，金扇四柄，玉章二方，松蘿茶二瓶，金華酒四壇。《石點頭・第十二回》
還可以加詞綴「兒」使用，如：

（5）忽然道旁閃出一個白髮老婦，手裏拿一瓦瓶兒酒、幾個角黍。《西湖二集・第一卷》

48. 觥

古代酒器，借用作量詞，多稱量酒，如：

（1）男子漢一個渾家也管不得，容他去相交和尚。罰一大觥酒。《禪真逸史・第十四回》

（2）罰小內侍各飲酒一大觥，要玄宗先飲。《混唐後傳・第二十四回》

49. 匙

舀取粉末或液體的小勺，借用作量詞，稱量匙所盛之物，如：

　　（1）怎今日消受幾匙麥飯？不免暗暗淚下。《隋史遺文·第四十二回》

50. 勺

一種有柄的舀東西的用具，為常用工具，借用為容器量詞，如：

　　（1）一勺之多，果然不測。《西遊記·第五十一回》

51. 簋

古代盛食物的器皿，也用作禮器，借用為容器量詞，如：

　　（1）獻一簋供刈著東郊之黍，獻一豆蔬採取南澗之芹。《飛劍記·第十三回》

52. 豆

上古時期常見的盛食器，作量詞明代作品中仍見，如：

　　（1）獻一簋供刈著東郊之黍，獻一豆蔬採取南澗之芹。《飛劍記·第十三回》

　　（2）一豆聊供遊冶郎，去時杯喚鎖倉琅。《情史·卷五》

53. 盒（合）

一種抽屜式的盛器，明代白話小說中常用於稱量食物，如：

　　（1）即便買起兩盒茶棗，並著白錢二十兩。《石點頭·第四回》

　　（2）裝了滿滿一盒子點心臘肉。《金瓶梅·第七回》

　　（3）鍾守淨隨即著一個道人，提了一壺好酒，兩盒蔬菜。《禪真逸史·第六回》

還可以稱量沉香、梅腦，如：

　　（4）即時揀了一盒兒沉香。《歡喜冤家·第十六回》

　　（5）進百花鮫綃兩端，上奉翁姑；遺梅腦一盒。《國色天香·尋芳雅集》

字亦可作「合」，如：

　　（6）兼惠花勝一合，口脂五寸，致耀首膏唇之飾。《情史·卷

十四》

（7）某有玉龍膏一合子，不惟還魂其死，因此亦遇名姝。《情史・卷十九》

54. 倉

收藏穀物的地方，用作量詞在明代白話小說中稱量穀物糧食，如：

（1）我還有兩倉麥，裝了去賣到好哩。《檮杌閒評・第十二回》

（2）那二人得了原銀，遂將欽穀一倉盡行撮去。《包龍圖判百家公案・第二卷》

（3）家中積金鉅萬，積穀千倉，生平安分，樂守田園。《貪欣誤・第一回》

55. 囷

古代一種圓形的穀倉，明代白話小說中用來稱量米，如：

（1）聞魯肅家有兩囷米，各三千斛。《三國演義・第二十九回》

56. 廂

借用作量詞，如：

（1）卻令凌振施放九廂子母等火炮，直打入城去。《水滸傳・第九十七回》

（2）收拾行李衣裝，多打點兩廂金銀。《金瓶梅・第四十七回》

57. 車

交通工具，用作量詞稱量一車所盛的物品，如：

（1）忙把私宅中金銀珠寶收拾了四十餘車，並家下餧養的膘壯馬匹數十頭。《檮杌閒評・第四十八回》

（2）一車骨頭半車肉，都屬了劉家，怎麼叫我做「李媽媽」？《今古奇觀・第三十卷》

58. 船

一種水上的交通工具，借用作量詞稱量船上裝載的東西，如：

（1）混濁不分鰱共鯉，水清方見兩船魚。《石點頭・第二回》

（2）燒的香不知燒去了幾擔，焚的紙不知焚去了幾船。《咒棗記·第六回》

59. 舟

即「船」，借用作量詞，舟載之物，如：

（1）恰好一隻大艦，上面幾個商客坐著，載得一舟貨物。《東度記·第九十七回》

60. 艙

船中乘人或裝置機件、貨物等的空間，借用作量詞，如：

（1）將那一艙活魚都走了。《水滸傳·第三十八回》

（2）原來阮小七預先積下兩艙水。《水滸傳·第七十五回》

61. 棹

棹多借指船，由此借用為量詞，如：

（1）君受皇恩，妙齡歸娶，一棹笙歌碧水隈。《國色天香·尋芳雅集》

（2）莫辭一棹風波險，平地風波更可憐。《石點頭·第十二回》

此外，還有很多雙音節容處所借用量詞，這也是明代白話小說借用量詞的一大特點。

1. 錫壺

一種器皿，借用作量詞，如：

（1）帶了刀走去廚下，取了一大錫壺酒來，就把大碗來灌鄭生。《初刻拍案驚奇·卷二十六》

2. 銅盆

一種器皿，借用作量詞，如：

（1）只見一個小嘍囉掇一大銅盆水來。《水滸傳·第三十二回》

3. 舡艙

即船艙，借用作量詞，如：

（1）東處買薑三五擔，西鄉買蒜幾舡艙。《東度記·第五十三回》

4. 缽盂

僧人的食器，借用作量詞，稱量飯食、酒水等，如：

（1）說聲未了，便吐出一缽盂酒飯來，遞與退之道：「還你的酒飯。」《韓湘子全傳‧第十八回》

（2）右手仗一口劍，左手持一缽盂水，口中念念有詞，喰一口水。《三隧平妖傳‧第三十七回》

5. 缽頭

是一種盛器，由此借用作量詞，如：

（1）這呆子看見，即吃了半鍋，卻拿出兩缽頭叫師父、師弟們各吃了兩碗。《西遊記‧第六十六回》

6. 素子（素兒）

「素子」在方言中指酒壺，也可以作「素兒」，但單獨的「素」無此義，如：

（1）向櫥櫃裏，拿了一盤驢肉……兩碗壽麵，一素子酒。《金瓶梅‧第五十回》

（2）一小銀素兒葡萄酒兩個小金蓮蓬鍾兒。《金瓶梅‧第二十七回》

7. 布袋

盛物的布袋，借用為量詞，如：

（1）一個大漢馱一布袋米，把後門捱開來。《三遂平妖傳‧第二十回》

8. 笊籬

用竹篾、柳條等編成網狀、用來撈物瀝水的器具，借用作量詞，如：

（1）大步向前，趕上捉笊籬的，打一奪，把他一笊籬錢都傾在錢堆裏，卻教眾當直打他一頓。《喻世明言‧第三十六卷》

9. 箱籠

放置衣物的器具，借用作量詞，如：

（1）當時妻子失去，還帶了家裏許多箱籠資財去。《二刻拍案驚奇‧卷三十八》

10. 皮箱

用皮革製成的箱篋，用作量詞，如：

（1）次日，顏俊早起，便到書房中，喚家童取出一皮箱衣服，都是綾羅綢絹時新花樣的翠顏色。《今古奇觀・第二十七卷》

（2）早飯後，楊巡檢自到東莊，抬著一皮箱銀子。《三隧平妖傳・第十三回》

11. 扇籠

一架蒸籠稱一扇籠，借用作量詞，如：

（1）小人前日買了大郎一扇籠子母炊餅，不曾還得錢。《水滸傳・第二十六回》

（2）原做下一扇籠，三十個角兒翻來覆去。《金瓶梅・第八回》

12. 葫蘆

也稱壺蘆、匏瓜，可以作器皿，如：

（1）舀了一葫蘆水，先念瞭解咒，含水噴在婦人臉上，婦人方醒。《禪真逸史・第二十一回》

（2）隨後一青衣小童，攜一葫蘆酒。《三國演義・第三十七回》

13. 花瓶

盛水養花或作擺設用的瓶子，作量詞，如：

（1）掀著虎皮裙，撒了一花瓶臊溺。《西遊記・第四十五回》

14. 刀圭

中藥的量器名，作量詞，稱量藥，如：

（1）遂於女僮所持妝盒中，取藥一刀圭，以和進母。《情史・卷十九》

（2）出篋中藥一刀圭，糝之悉化為水，薑問其怪。《情史・卷十九》

15. 弔桶

借用作量詞，稱量水，如：

（1）薪水不收，要水，圓靜領他去打兩弔桶！《型世言・第二

十九卷》

（2）沙僧卻才將弔桶向井中滿滿的打了一弔桶水。《西遊記‧
第五十三回》

二、附容處所型借用量詞

附容處所型量詞即依據一定的處所或者附著物而來稱量事物，明代白話小說中這類量詞有：溪、崖、山、川、嶺、江、河、潭、池、湖、灣、穴、洞、窖、塘、岸、塢、天、地、沼、窟、宇、簷、堂、殿、廊、寺、廡、筵、屋、庫、庭（廷）、院、府、衙、宅、街、城、莊、井、洲、堤、林、樹、路、途、徑、田、園、丘、村、桌、硯、橋、帆、箸（箭）、籬、床、枕、簾、窗、軒、扃、架、棚、壁、龕、樓、臺、峽、函、襆、店、門首、鋪子、行架、袖、衣襟、帕子、兜子、抱裙、鞋幫、手、肩、臂、肚、肚子、肚皮、胞、胎、腋、胸、頭、臉、眼、鬢、頰、眶、嘴、身、腳……

明代白話小說中借用自然事物為臨時量詞的最常見，如：

1. 溪

指山間的小河溝，用作量詞常稱量水流，如：

（1）十里青松棲野鶴，一溪流水泛春紅。《水滸傳‧第五十三回》

2. 崖

山或高地陡立的側面，作借用量詞稱量花木，如：

（1）兩崖花木爭奇，幾處松篁鬥翠。《西遊記‧第二回》

3. 山

地面上由土石構成的隆起部分，作借用量詞，如：

（1）這關卻是一山險道，十里高崗。《東度記‧第九回》

（2）圍住山頭搜尋無蹤，把一山樹末，放火都燒了。《三隧平妖傳‧第一回》

4. 川

平川、原野，借用作量詞，明代白話小說中常見，如：

（1）梅殘數點雪，麥漲一川雲。《檮杌閒評・第七回》

（2）一川煙水是檀溪，急叱征騎往前跳。《三國演義・第三十四回》

5. 嶺

即山嶺，作借用量詞，如：

（1）一嶺桃花紅錦浣，半溪煙水碧羅明。《西遊記・第六十五回》

6. 江

原僅指長江，後泛指一切江河，作量詞稱量江水，如：

（1）問君能有幾多愁，恰似一江春水向東流。《三遂平妖傳・第十一回》

（2）勾惹吟魂，翻瑞雪一江煙水。《水滸傳・第三十九回》

7. 河

河流，作量詞用於稱量河中之物，如：

（1）勾喏吟魂，翻瑞雪一河煙水。《金瓶梅・第九十三回》

（2）一河水怪爭高下，兩處龍兵定弱強。《西遊記・第四十三回》

8. 潭

有深淵義，在明代白話小說中借用於稱量潭中之物，如：

（1）牽攬一潭星動。《西遊記・第九回》

（2）尋至菊潭邊，果是一潭清水。《三遂平妖傳・第一回》

9. 池

水塘，借用作量詞，多稱量池水、生長在水中的植物，如：

（1）一池秋水芙蓉現，好似嫦娥入月宮。《金瓶梅・第五十八回》

（2）青幡招展，一池荷葉舞青風；素帶施張，滿苑梨花飛瑠溜。《封神演義・第三十八回》

10. 湖

「湖泊，用作量詞稱量湖水，如：

（1）一湖煙水綠於羅，蘋藻涼風起白波。《情史‧卷二十一》

（2）這一陣狂風，把一湖清水變作烏黑。《檮杌閒評‧第一回》

11. 灣

海灣、水灣，借用作量詞，如：

（1）一灣新筍，著實可觀。《今古奇觀‧第三十八卷》

（2）修竹千竿水一灣，柳陰深處隱紅顏。《螢窗清玩‧第二卷‧玉管筆》

（3）幾灣流水，滔滔不竭繞圍牆。《禪真逸史‧第十三回》

亦可作「灣子」，如：

（4）忽見那隅頭拐角上一灣子人家。《西遊記‧第八十四回》

12. 穴

土穴，借用作量詞，如：

（1）管工官叫挖開土來看時，只見一穴赤蛇，盡皆燒死。《檮杌閒評‧第一回》

13. 洞

洞穴、窟窿，借用作量詞，如：

（1）將一洞珍寶盡付殷洪，豈知這畜生反生禍亂！《封神演義‧第六十回》

14. 窖

地窖，借作量詞稱量窖中所盛之物，如：

（1）寄兒指與莫翁，揭開石板來看，果是一窖金銀，不計其數。《二刻拍案驚奇‧卷十九》

（2）剛剛的掘著一窖金子，約有五百餘兩。《咒棗記‧第一回》

（3）破我一窰蝴蝶夢，輸他雙枕鴛鴦睡。《貪欣誤‧第五回》

15. 塘

即水塘，借作量詞用來稱量水，如：

（1）那中間果有一塘熱水。《西遊記‧第七十二回》

（2）那泉卻是天地產成的一塘子熱水。《西遊記‧第七十二回》

16. 岸

河岸、水岸，借用作量詞，稱量河岸上的景物，如：

（1）兩岸柳蔭夾道，隔湖畫閣爭輝。《初刻拍案驚奇‧卷十五》

（2）須臾一聲炮響，江邊兩岸戰船俱進，岸上紀瞻軍殺至。《東西晉演義‧第八十九回》

17. 塢

「塢」是四面高中間低的地方，借作量詞，如：

（1）一塢白雲閒不卷，半山明月寂無嘩。《飛劍記‧第三回》

18. 天

天空，借作量詞，如：

（1）遠遠望來，就是萬點火光，一天星斗。《初刻拍案驚奇‧卷一》

（2）忽然飛飛揚揚，飄下一天大雪來。《檮杌閒評‧第五回》

19. 地

大地，與「天」相對，借用作量詞，如：

（1）恰好徐氏將燈來照，見一地屎糞。《醒世恒言‧第二十卷》

（2）這地上乾乾淨淨的嫂子磕下恁一地瓜子皮。《金瓶梅‧第二十四回》

20. 沼

水池，借用作量詞，明代白話小說中用於稱量蓮花，如：

（1）只見狂風大作，把紅霞刮散，本慧把衣抽一拂，頃刻只見堂前變成一沼紅蓮。《東度記‧第十四回》

21. 窟

土室，借作量詞，明代白話小說中稱量妖精，如：

（1）那裏邊窄小，窩著一窟妖精。《西遊記‧第八十三回》

明代白話小說中，臨時借用人工的建築、製作品、器物等作為量詞也更常見，略述如下，如：

1. 宇

屋簷之義，借用作量詞，如：

（1）數宇梵音，頭頂千魔盡伏。《歡喜冤家・第十四回》

2. 簷

即屋簷，借用作量詞，如：

（1）正東上，草色蒼翠，竹徑迷離，流水一灣，繞出幾簷屋角；
青山數面，剛遮半畝牆頭。《英烈傳・第十九回》

3. 堂

建於高臺之上的廳房，後泛指房屋的正廳，作量詞稱量堂內的人，如：

（1）這一堂和尚見了楊雄老婆這等模樣，都七顛八倒起來。《水
滸傳・第四十五回》

4. 殿

高大房屋的通稱，作量詞，如：

（1）十殿閻王俱來迎接。《醋葫蘆・第二十回》

（2）一殿殿柱列玉麒麟。《西遊記・第四回》

5. 廊

廳堂周圍的屋，作量詞稱量廊裏的人和物，如：

（1）兩廊壯兵齊出，二人捉一人。《三國演義・第九十回》

（2）兩廊畫壁長青苔，滿地花磚生碧草。《水滸傳・第四十二回》

6. 寺

佛教廟宇之稱，作量詞稱量寺裏的僧人，如：

（1）伸兩個指頭，言不數句，話不一席，救了一寺僧眾。《醒世
恒言・第二十二卷》

7. 廡

堂下周圍的走廊、廊屋，借用作量詞，如：

（1）兩廡長廊，彩畫天神帥將。《金瓶梅・第三十九回》

8. 筵

本為鋪在地上的坐墊，後引申為宴席，作量詞，如：

（1）安放几筵香案，點起一盞隨身燈來。《金瓶梅・第六十二回》

9. 屋

即房屋，借用來稱量房屋裏的人和物，如：

（1）印子鋪擠著一屋子人，贖討東西。《金瓶梅・第八十六回》

（2）如何家裏桌櫈都不見了，道一屋米從何而至？《三隧平妖傳・第三十二回》

10. 庫

泛指儲物的屋舍，借用作量詞，如：

（1）他有十三庫金銀在此。《西遊記・第十回》

（2）其餘多是侍從人……守著一庫金銀財寶。《金瓶梅・第六十四回》

11. 庭（廷）

有宮中、正廳、廳堂義，借用為量詞，明代白話小說中用於稱量庭中的事物，如：

（1）綺羅弄影，一庭香月娟娟。《歡喜冤家・第十七回》

字亦作「廷」，如：

（2）一派石泉流沆瀣，數廷霜竹顫琅玕。《石點頭・第七回》

12. 院

即庭院，後引申為宮室、妓院等，借用作量詞，稱量院中之人，如：

（1）白蓮花卸海邊飛，吹倒菩薩十二院。《西遊記・第二十一回》

（2）墳內有十數家收頭祭祀，皆兩院妓女擺列。《金瓶梅・第六十五回》

13. 府

府邸、宅子，借用作量詞，如：

（1）若不是李瑞蘭父親首告，誤了我一府良民。《水滸傳・第六十九回》

（2）把這兩府錢糧，運回山寨。《水滸傳・第七十回》

14. 衙

泛指大宅子，作量詞稱量宅子裏的人，如：

（1）引三衙太尉都到節堂參見太師。《水滸傳・第六十三回》

（2）那時本縣正堂李知縣，會了四衙同僚。《金瓶梅・第三十一回》

15. 宅

宅子，借用作量詞，如：

（1）那婦人已洗完，左手綰著衣服，右手提著槌棒，將去到一大宅人家。《型世言・第三卷》

（2）到次日西門慶請本縣四宅官員。《金瓶梅・第三十二回》

16. 街

城中的大道，借用作量詞，在明代白話小說中稱量街上的人或物，如：

（1）鼓樂笙簧迭奏，兩街儀衛喧闐。《金瓶梅・第六十五回》

（2）當下轟動了一街人觀看。《金瓶梅・第九十回》

17. 城

古代都邑，借用作量詞，在明代白話小說中用於稱量人，如：

（1）休得殺害一城老小，軍民降者免死。《東西晉演義・第三二三回》

18. 莊

即村莊，作量詞稱量村莊裏的人，如：

（1）一莊老幼男女，都向河邊。《西遊記・第四十九回》

（2）只命著二個引魂童子……三百莊田人百穀，清水魚池大廈屋。《咒棗記・第一回》

19. 井

水井，借作量詞用於稱量水，如：

（1）遂往井邊觀看，果是一井好水。《楊家府通俗演義·第八卷》

20. 洲

水中的陸地，借用作量詞，如：

（1）紅瑟瑟滿目蓼花，綠依依一洲蘆葉。《水滸傳·第一百回》

21. 蕩

沼澤，借用來稱量沼澤中的事物，如：

（1）數十株槐柳綠如煙，一兩蕩荷花紅照水。《水滸傳·第十五回》

22. 隙

即壁縫、空隙，借用來稱量縫隙般細小的事物，如：

（1）忽有一隙紙窗，燈火明徹。《螢窗清玩·第一卷·連理枝》

（2）那女子始初來也嬌羞不安，在船兩日，一隙之地，日夕在面前，也怕不得許多羞。《型世言·第五卷》

（3）眼前並無一隙亮光，一毫也動撣不得。《水滸傳·第九十四回》

23. 堤

堤壩，由此稱量堤壩上的事物，如：

（1）萬頃野田觀不盡，千堤煙柳隱無蹤。《西遊記·第七十九回》

24. 林

本義為樹林，借用作量詞，在明代白話小說中稱量林中的樹，如：

（1）數點小螢光灼灼，一林野樹密排排。《西遊記·第二十一回》

（2）看看日落天昏，望見隔溪一林樹木，那裏像有個人家？《三隧平妖傳·第十回》

25. 樹

木本植物的總稱，借用作量詞相當於「棵」「株」，主要用於稱量樹上所生之物，如：

（1）你看花枝那幾樹紅梅綻蕊，綠萼舒芳，倘有雪來，少助詩興。《歡喜冤家‧第十六回》

（2）若不得志，有這幾畝薄田，幾樹梨棗，盡可以供養老母，撫育妻兒，這幾間破屋中間，村酒雛雞，盡可與知己談笑。《隋史遺文‧第三回》

26. 路

道路，借用作量詞，稱量道路上的風景、花草等，如：

（1）但見一路風景，更比舊時大不相似，偶然傷感，口占一律云。《鼓掌絕塵‧第三十三回》

（2）走得數十步，廓然清朗，一路奇花異草，修竹喬松；又有碧檻朱門，重樓復榭。《初刻拍案驚奇‧卷三十一》

也可以稱量抽象的事物，如：

（3）焰騰騰一路輝煌，光皎皎滿天星斗。《鼓掌絕塵‧第三回》

27. 途

道路，借用作量詞，如：

（1）不念我一途風露，好多辛苦。《國色天香‧龍會蘭池錄》

28. 徑

小路義，借用作量詞，明代白話小說中用於稱量自然景物，如：

（1）兩林竹蔭涼如雨，一徑花濃沒繡絨。《西遊記‧第五十九回》

（2）三徑黃花吐異香。《金瓶梅‧第十三回》

29. 田

田地，借作量詞，用於稱量瓜果，如：

（1）種一田瓜果在此，你去與他索戰。《西遊記‧第六十六回》

30. 園

種植蔬果花木的地方，借作量詞，稱量園子所種植之物，如：

（1）一園瓜，只看得你是個瓜種。《今古奇觀·第七卷》

31. 丘

小土山，借用作量詞，如：

（1）一丘新土，即吾兒鍾徽之家。《今古奇觀·第十九卷》

32. 村

村莊，借用作量詞，稱量村中的人或物等，如：

（1）這復仁終是有根腳的，聰明伶俐，一村人都曉得他是光化寺裏範道化身來的，日後必然富貴。《喻世明言·第三十七卷》

（2）往日有幾個賊盜，來村攪擾，一村性命，幾乎傷害，感得官長發倉給廩，招集兵馬驅除，一時把些賊盜平眼。《東度記·第二十八回》

33. 村舍

農家房舍，借用作量詞，如：

（1）見一村舍人家，大小俱在那裏吃飯。《封神演義·第七回》

34. 桌

桌子，借用作量詞，稱量一桌飯菜或一席人，如：

（1）大碗小碟的擺了一桌肴品，金杯斟上酒來。《檮杌閒評·第八回》

（2）那婆子看見明晃晃，擺了一桌子銀子。《金瓶梅·第八十七回》

35. 硯

磨墨的文具，通稱硯臺，作量詞稱量墨，如：

（1）那安童只得去取了一管筆，研了一硯墨，雙手遞上。《鼓掌絕塵·第二十一回》

36. 橋

橋樑，借作量詞，稱量風景，如：

（1）柳影六橋明月，花香十里薰風。《水滸傳・第九十四回》

（2）空留在六橋疏柳，孤嶼危亭。《西湖二集・第十六卷》

37. 帆

掛在船桅上的篷，借作量詞用來稱量風，如：

（1）飽三缸飯常知足，得一帆風便可收。《醒世恒言・第二十卷》

38. 箸（筋）

筷子，借用作量詞，稱量用筷子夾起的食物，如：

（1）今有一神仙至，而不能待他一箸飯、一杯茶，設甚麼齋？修甚麼供？《飛劍記・第六回》

（2）下了一箸麵與那婦人吃了。《水滸傳・第二十四回》

「箸」還可以加詞綴「兒」，如：

（3）怎的這半日酒也不上，菜也不揀一箸兒。《金瓶梅・第四十六回》

（4）揀了兩箸兒鴿子雛兒在口內。《金瓶梅・第七十九回》

字亦作「筋」，如：

（5）不敢苦勸，請再進一筋。《西遊記・第二十回》

39. 籬

籬笆，借用作量詞，稱量籬笆裏的事物，如：

（1）兩籬黃菊玉綃金，幾樹丹楓紅間白。《西遊記・的第四十八回》

（2）半籬翠色編朝槿，一榻聲音噪暮禽。《隋史遺文・第三十五回》

40. 床₃

供人睡臥的家具，借用作量詞，稱量依附於床上的事物，如：

（1）珠簾半床月，青竹滿林風。《情史・卷十二》

41. 枕

枕頭，明代白話小說中用作量詞，稱量夢或睡眠，如：

（1）早分我一簾風味，半枕雲情。《鼓掌絕塵·第二十七回》

（2）無人知我此時情，春風一枕松窗曉。《情史·卷二十四》

42. 簾

門簾、窗簾義，借用為量詞稱量自然景象，如：

（1）知我者是這半簾明月。《鼓掌絕塵·第六回》

（2）明月一簾涼似水，銀盤捧出滿枝金。《燕居筆記·懷春雅集》

43. 窗

窗戶，借用作量詞，稱量透過窗所見的風景，如：

（1）王卞與一窗友柏青在家中伴讀。《歡喜冤家·第六回》

（2）到夜半對著孤燈，半窗斜月，翻覆無寐。《金瓶梅·第六十五回》

44. 軒

有窗戶義，由此借用作量詞，如：

（1）醒醒，一軒涼月，燈火流螢。《檮杌閒評·第十二回》

45. 扃

有門戶義，由此借用為量詞，如：

（1）果見幽亭一所，朱戶半扃，銀缸欲滅，圖書滿室，蘭麝薰人。《情史·卷二十》

46. 架

支撐或者擱置物體用的構件，借用作量詞，稱量用架子架起來的事物，如：

（1）薔薇一架雨初收，欲候歸舟頻上樓。《國色天香·尋芳雅集》

（2）卻有一班小鬼，兩個拽著一張鋸，從頭上鋸到腳跟下止，皮開肉破。也有鋸作兩半的，也有鋸作三架的，也有鋸作四絡的。《咒棗記·第十三回》

在明代小說中可以稱量放在架子上的物品，如：

（3）少頃，見一個蒼頭，挑了兩架盒子，一罈酒。《貪欣誤·第二回》

（4）抬下一張八仙桌兒，六碗時新果子，一架攢盒佳餚美醞。《今古奇觀·第九卷》

「架」還可以加上詞綴「子」，如：

（5）一架子饅頭炊餅，都變做浮炭也似黑的。《三隧平妖傳·第二十七回》

（6）這廝蒿惱了我半日，又壞了一架子行貨，這一日道路罷了，正是和他性命相搏。《三隧平妖傳·第二十七回》

47. 棚

棚子，借用作量詞，如：

（1）共二十餘人，如一棚木偶人兒相似，一個個豔質濃妝《三隧平妖傳·第二十四回》

48. 壁

牆壁，作借用量詞，如：

（1）四壁僧房，龜背磨磚花嵌縫。《水滸傳·第六回》

（2）又只見半壁燈光明後院，一行香霧照中庭。《西遊記·第八十回》

49. 龕

奉神佛、神主的石室或小閣子，借用作量詞，如：

（1）松檜陰陰靜掩扉，一龕燈火夜來微。《型世言·第一卷》

50. 樓

樓房，作借用量詞，如：

（1）又見桐花發舊枝，一樓煙雨暮淒淒。《情史·卷十三》

51. 帙

本義是書衣，由此借用為量詞，稱量書，如：

（1）乃取從前唱和之詞並今日絕命詩、長恨歌，匯成一帙，合同婚書二紙，總作一緘。《情史·卷十六》

（2）面前放一帙古書，手中執著酒杯。《今古奇觀·第十五卷》

52. 函

指書籍的封套、套子，亦指信封，借用作量詞，稱量書信和其他事物，如：

（1）鎮惡計使人以詔及赦書並劉裕手書凡三函，使人入城示毅。《東西晉演義·第三三四回》

（2）內封各分二函，一寫老相公開覽，一寫小姐親拆。《石點頭·第九回》

53. 襆

古代用來覆蓋或包裹衣物等的布單等，由此借用為量詞，如：

（1）後忽有軍卒盜人舐錢一襆，被捉見知遠。《南北宋志傳·第六回》

54. 店

商店，借用作量詞，如：

（1）一店人要面吃了趕路，教他去燒火。《三隧平妖傳·第二十七回》

55. 厫

糧倉，借用作量詞，稱量糧食，如：

（1）倉裏不動封鎖，不見了十數厫米。《三隧平妖傳·第三十二回》

56. 門首

即門口、門前，稱量聚集在門口的人，如：

（1）須臾圍了一門首人。《金瓶梅·就三十三回》

57. 鋪子

店鋪，稱量鋪子裏的人，如：

（1）擠一鋪子人做買賣，打發不開。《金瓶梅·第七十七回》

58. 行架

一種架子，稱量架子下的事物，如：

（1）這一行架的小鷂、獵狗、彈弓、彎弧，都為棄物。《警世通言·第十九卷》

此外，借用自衣物類的量詞在此前文獻中較少見，但在明代白話小說中常見，如：

1. 袖

衣袖，借用作量詞，指用袖子包裹之物，明代白話小說中多虛指，如：

（1）那小孩兒家哪知死活，籠著兩袖果子……叫聲「爹爹」。《咒棗記·第六回》

（2）引兩袖清風舞鶴，對一方明月談經。《金瓶梅·第三十九回》

2. 衣襟

衣襟，借用作量詞，稱量附著於衣襟上的東西，如：

（1）濆了半衣襟臭水，走上殿來。《西遊記·第四十四回》

3. 帕子

即手巾、手帕，借用作量詞，稱量帕子所裹之物，如：

（1）當日有這遺漏，秀秀手中提著一帕子金珠富貴，從主廊下出來。《警世通言·第八卷》

（2）包裹裏有兩件綿衣，一帕子散碎銀子。《水滸傳·第三十回》

4. 兜子

指布袋一類的東西，借用作量詞，如：

（1）申王每醉，即使宮妓將錦綵結一兜子。《情史·卷二十四》

5. 抱裙

借用作量詞，稱量抱裙所裹之物，如：

（1）替他脫衣裳時，就拉了一抱裙奶屎。《金瓶梅·第三十九回》

6. 鞋幫

指鞋的鞋底以外的部分，借用作量詞，如：

（1）把我恁雙新鞋兒，連今日才三四日兒，踐了恁一鞋幫子屎。《金瓶梅·第五十八回》

明代白話小說中，臨時借用人體器官作量詞也較此前更為常見，如：

1. 手

借用作量詞，稱量附著於手上的事物，如：

（1）老子摸得起來，摸了兩手血跡，叫聲苦不知高低！《水滸傳·第四十五回》

還可以稱量針線活，如：

（2）虧這女人做得一手好針線，賺些錢米養活丈夫。《禪真逸史·第六回》

也可以稱量抽象的生活，如：

（3）這位娘子怎地傳得這手好生活。《水滸傳·二十四回》

2. 肩

肩膀，借用作量詞，稱量用肩所扛之物，如：

（1）那聲子共康家小廝，每人擔了一肩行李。《鼓掌絕塵·第五回》

（2）王從事備下禮物，放船到瀆村停泊，同喬氏各乘一肩小轎。《石點頭·第十回》

（3）踏磴樵夫，急歸來，絆倒了半肩柴火。《七十二朝人物演義·卷十一》

還可以稱量抽象的力氣、勞苦，如：

（4）小花嘴，你難道不得二娘子一肩力？《醋葫蘆·第七回》

（5）善人好生慢行，我和尚代你幾肩勞苦。《東度記·第七十回》

3. 臂

手臂，借用作量詞稱量筋肉，如：

（1）眾視之，見具面如鑌鐵，跟著金殊，身長一丈有餘，兩臂筋肉突起，凶勇奇異，遂同掛榜守臣叩見蕭后。《東遊記·第三十四回》

也可以稱量抽象的力氣，如：

（2）為鄰瞻助一臂力。《石點頭‧第七回》

（3）今有一事，敢煩齊元帥和二位將軍一臂之力。《禪真逸史‧第三十五回》

4. 肚

腹部，借用作量詞稱量肚中所含之物，可以是具體或抽象的事物，如：

（1）杜伏威吃了一肚酒。《禪真逸史‧第二十三回》

（2）到晚全無一個人出，張飛忍一肚氣還寨。《三國演義‧第六十三回》

5. 肚子

腹部，借用作量詞，明代白話小說中多稱量抽象事物，如：

（1）此人一肚子蕭曹刀筆。《醋葫蘆‧第十四回》

（2）今日進朝，受了一肚子氣。《檮杌閒評‧第八回》

6. 肚皮

與「肚子」同，借用作量詞，多稱量抽象事物，如：

（1）如今世人一肚皮勢利念頭……便有人掇來許他為婿。《初刻拍案驚奇‧卷十》

（2）叔寶包著一肚皮的氣道：「不吃飯！拿熱水來！」《隋史遺文‧第六回》

7. 胞

本義是胎衣，借用作量詞，明代白話小說中用來稱量屎，如：

（1）你不曾溺胞屎，看看自家。《金瓶梅‧第六十九回》

更多用來稱量胎兒、兄弟，如：

（2）你不知我三四胞兒，只有了這個丫頭子。《金瓶梅‧第七十三回》

（3）是你一胞兄弟，反陷家庭，亦是不義。《封神演義‧第二十九回》

8. 胎

孕育於母體的幼體，借用作量詞稱量胎兒，如：

（1）也是中年無子，當時小產了幾胎。《金瓶梅·第四十回》

（2）男男女女也生過五胎，只是不育。《三隧平妖傳·第十一回》

9. 腋

腋窩，借用作量詞，如：

（1）說時遲，那時快，飛近夜珠身邊來，各將翅攢定夜珠兩腋，就如兩個箬笠一般，扶挾夜珠從空而起。《初刻拍案驚奇·卷二十四》

（2）諸葛瞻指揮兩腋兵衝出。《西遊記·第一一七回》

10. 胸

胸膛，借用作量詞，用來稱量冤恨，如：

（1）小人憐他是書生，吃了他幾杯酒，他把一胸的冤恨，細訴與小人知道。《歡喜冤家·第十六回》

11. 頭₂

借用作量詞，稱量附著於「頭」之上的東西，如：

（1）進忠本是一頭水的人，又被他惑動了。《檮杌閒評·第十二回》

（2）當下哄得他脫下貼身布衫一件，又收拾得剃下的一頭短髮，獻與冷公子。《三遂平妖傳·第九回》

12. 臉

面頰，面部，借作量詞稱量依附於臉上的事物，如：

（1）這陳通兩三年內生了一臉髭鬚，因此他一霎時便想不起。《鼓掌絕塵·第三十三回》

（2）下邊看的一讓，攢了個燕子銜泥，撲通跌了一臉沙灰。《隋史遺文·第十二回》

13. 眼

眼睛,作借用量詞,稱量附著於眼睛裏的淚水,如:

(1) 汪汪兩眼西風淚,猶向陽臺作雨飛。《情史・卷十四》

(2) 前日那養娘噙著兩眼淚在外街汲水,我已疑心。《今古奇觀・第二卷》

14. 鬢

鬢角,借用作量詞稱量鬢角的頭髮,如:

(1) 飄飄巾幘,覆著兩鬢青絲。《二刻拍案驚奇・卷十七》

15. 頰

臉頰,作量詞,用於稱量附著於臉頰上的東西,如:

(1) 雲堆蟬鬢,寫來兩頰胭脂。《鼓掌絕塵・第二回》

(2) 粉捏就兩頰桃花,雲結成半彎新月。《石點頭・第十二回》

16. 眶

眼眶,用於稱量眼淚,如:

(1) 含著一眶眼淚道:「一歇了手,終身是個不第舉子。」《初刻拍案驚奇・卷四十》

(2) 因此婆婆也收著兩眶眼淚。《金瓶梅・第五十七回》

17. 嘴

嘴巴,借用作量詞用於稱量鬍子,如:

(1) 東坡是一嘴鬍子,小妹嘲云:……《醒世恒言・第十一卷》

18. 身

身體、軀體,用作量詞稱量附著於身體的事物,如:

(1) 但覺一身冷汗,譙樓上已四鼓矣。《醋葫蘆・第十三回》

(2) 又沾了一身臭水,掙也掙不起來。《檮杌閒評・第十八回》

還可以稱量情感、氣力等抽象的事物,如:

(3) 且窮樽底酒,掃卻一身愁。《燕居筆記・懷春雅集》

(4) 一身氣力,殺得沒有些兒,又撞著對頭,奈何!奈何!《英

烈傳・第五十七回》

19. 腳₂

借用作量詞，稱量附著在腳上的東西，如：

　　（1）又教隨軍醫生醫他兩腳瘡口，好飲好食將息。《今古奇觀・
第十一卷》

三、估量型借用量詞

　　估量型借用量詞是借用名詞或動詞作量詞，表一種沒有固定制度的約量，這類量詞與其他量詞聯繫不緊密，用法各有特點，明代白話小說中所見有：抱、把₃、撚₂、搦、望、握₂、提、箭、篙、指、程、周遭、周圍、榻、畦、引、槓、圍、又……

　　明代白話小說中，借自動詞的名量詞很常見，往往用來表示長度或距離，如：

1. 抱

　　量詞「抱」與「圍」相似，「圍」逐漸變得有固定制度，從而成為度制量詞，但「抱」只是模糊稱量。「抱」多指用手臂圍持，由此借用作量詞，如：

　　　（1）舟人打點泊船在此過夜，看見岸邊有大樹一株，圍合數抱，遂將船纜結在樹上。《初刻拍案驚奇・卷二十二》

2. 把₃

作借用量詞，稱量一掌所握的粗細，如：

　　　（1）衣裳淡雅，看楚女纖腰一把。《檮杌閒評・第二十一回》

3. 撚₂

有捏取義，作借用量詞，稱量纖細之物，如：

　　　（1）足步金蓮，腰肢一撚。《今古奇觀・第三十八卷》

　　　（2）瘦腰肢一撚堪描，俏心腸百事難學。《金瓶梅・第六十一回》

4. 搦

相當於「把」，作借用量詞，量詞義由「握、持」義發展而來，稱量纖細之

物，如：

（1）此女生來錦織成，腰肢一搦體輕盈。《封神演義·第五十七回》

（2）嫩盈盈半醉楊妃面，細纖纖一搦小蠻腰。《飛劍記·第十二回》

（3）向人尤殢春情事，一搦纖腰怯未禁。《今古奇觀·第四十二回》

5. 望

有動詞遠望義，借用作量詞，稱量能望見的一個距離的路程，如：

（1）吩咐離九龍谷一望之地，架七十二座將臺，每臺令五千軍守之。《東遊記·第三十五回》

6. 握₃

「握」在東周秦漢時作制度量詞，稱量一拳的長度，或四寸為握。〔註2〕到明代，已無法推算「握」的具體制量，成為估量型借用量詞，稱量一握之大，如：

（1）衣龍綃之衣，一衣無一二兩，摶之不盈一握。《醒世恒言·第二十三卷》

7. 提

懸持、拎義，借作量詞，稱量提著的物體，具體重量或體積不確定，明代白話小說中用於稱量金、銀，如：

（1）馬一提金，下馬一提銀。《三國演義·第七十七回》

（2）賜與金一提，銀一秤，權當信物。《水滸傳·第八十五回》

8. 箭

借用作量詞，用來稱量距離，如：

（1）行不一箭之地，只見一簇人挨挨擠擠的，不知看些甚麼故事。《醋葫蘆·第二回》

（2）不上兩箭之地，聽得炮響振天，鼓聲動地。《禪真逸史·第

〔註2〕李建平：《先秦兩漢量詞研究》，北京：中國社會科學出版社，2017年，第115頁。

三五回》

還可以稱量書、船等其他事物，如：

（3）術士陸壓將釘頭七箭書，在西岐山要射殺趙道兄，這事如
何處？《封神演義·第四十回》

（4）達同牙人陳四，代討一箭船。《杜騙新書·第十二類·在船
騙》

9. 篙

撐船的竹竿或木杆，借用作量詞，如：

（1）愁一箭風快，半篙波暖，回頭迢遞便數驛。《情史·卷六》

10. 指

用作量詞，一個手指的寬度叫一指，如：

（1）就伸手袖中解出一條汗巾來，汗中結裏裏著一個兩指大的
小封兒，對何舉人道：「可拿到下處自看。」《初刻拍案驚奇·卷四
十》

（2）果然做的好樣範，約四指寬。《金瓶梅·第九十五回》

11. 程

借用作量詞，可以稱量物體行進的距離，如：

（1）串樓旁有三件納錦的背心，被我拿來了，也是我們一程兒
造化。《西遊記·第五十回》

（2）如何只說臨安路，不數中原有幾程？《西湖二集·第一卷》

12. 周遭₁

「周」「遭」連用表示一圈、一周，如：

（1）一周遭矮矮粉牆，三五透低低精舍。《禪真逸史·第十三
回》

（2）一周遭矮牆，牆外一座小小石橋。《水滸傳·第五十三回》

13. 周圍

指事物的周邊，作借用量詞，如：

（1）前後一周圍房子，頃刻之間，變做個煙國火塊，男女們一

個也進步不得。《三隧平妖傳・第十七回》

14. 榻

一種坐臥用具，作借用量詞，如：

（1）老僧減卻心頭火，一榻松陰養太和。《飛劍記・第十一回》

（2）半籬翠色編朝槿，一榻聲音噪暮禽。《隋史遺文・第三十五回》

15. 畦

指田園，作借用量詞，如：

（1）蘸生醬吃了半畦蒜卷春餅。《金瓶梅・第九十回》

（2）弱息詠一畦之雪色，林下續膠。《貪欣誤・第三回》

16. 引

「引」作重量單位，不同地方計量標準不同，如：

（1）上面寫著商人來保崔本，舊派淮鹽三萬引。《金瓶梅・第四十九回》

17. 槓

較粗的棍子，用作借用量詞，稱量用槓所抬之物，如：

（1）隨後就有健卒十來人，抬著幾槓箱籠，且是沉重，跟著同走。《二刻拍案驚奇・卷十四》

（2）只好眼睜睜看著那些強人，把這幾槓行李盡行劫去。《鼓掌絕塵・第三十八回》

18. 圍 2

本義是包圍，引申為量詞稱量一周的長度，有些有固定量制，但仍有一些表示約量，如：

（1）身長一丈，腰大十圍。《鼓掌絕塵・第三十九回》

（2）那九六身長八尺，腰大十圍，慣舞兩把雙刀，驍勇無比。《英烈傳・第二十一回》

19. 叉

《說文・又部》：「叉，手指相錯也。」由此語法化為量詞，相當於「乍」，僅見於《金瓶梅》，用來稱量「腳」或「鞋子」的長度，如：

（1）只見婦人尖尖趫趫剛三寸，恰半叉一對小小金蓮，正趫在筋邊。《金瓶梅・第四回》

（2）慌的薛嫂向前用手掀起婦人裙子來，裙邊露出一對剛三寸恰半叉，一對尖尖趫趫金蓮腳來，穿著大紅遍地金雲頭白綾高底鞋兒，與西門慶瞧，西門慶滿心歡喜。《金瓶梅・第七回》

（3）半叉繡羅鞋，眼兒見了心兒愛。《金瓶梅・第四十四回》

第二節　制度量詞研究

制度量詞是國家據人們日常生活需要制定的，主要用於計量事物，明代白話小說中的制度量詞共 37 個，分為度制量詞、量制量詞、衡制量詞、面積量詞、貨幣量詞、布帛量詞這六類，詳述如下。

一、度制量詞

明代白話小說中，統計得到度制量詞共 12 個：釐、寸、尺、毫、丈、步、裏、忽、仞、舍、尋、索。

1. 釐

作為度制量詞，《新書・六術》：「是故立一毫以為度始，十毫為髮，十發為釐，十釐為分，十分為寸，十寸為尺，備於六。」則一釐為一分的十分之一，如：

（1）而今尋一個媒婆，也不要他一釐銀子，白白的把了人家去罷。《鼓掌絕塵・第二十五回》

（2）今先將此一釐金銀，賠個不是。《今古奇觀・第十卷》

2. 寸

《說文・寸部》：「寸，十分也。」長度單位，十分為一寸，明代白話小說中也用作長度單位，如：

（1）上命驗之，果有銅牌長二寸許，但文字凋落耳。《東遊記・

第二十一回》

　　（2）那雪漸漸一陣大似一陣，下個不止，頃刻間積有數寸。
《檮杌閒評‧第五回》

在明代白話小說中可以稱量抽象事物，如：

　　（3）既無一寸光鮮，面目灰頹，哪見半分精彩。《石點頭‧第六
回》

　　（4）三寸氣在千般用，一旦無常萬事體。《歡喜冤家‧第十九
回》

「寸」還常常和「方」和「尺」連用，如：

　　（5）臣於大王，無尺寸之功，止一馬之力，何敢受其賜也？《東
西晉演義‧第五回》

　　（6）吁嗟一女子，方寸有天知。《歡喜冤家‧第十八回》

還可以用於「AA」式，如：

　　（7）只見永兒把那朱紅葫蘆兒拔去了塞口打一傾，傾出二百來
顆赤豆，並寸寸剪的稻草在地下。《三隧平妖傳‧第二十一回》

3. 尺

《說文‧尺部》：「尺，十寸也。」是比「寸」更長的長度單位，如：

　　（1）我想男子漢身長六尺，四海為家。《鼓掌絕塵‧第二十一
回》

　　（2）老者道：只要三尺甘雨，高低俱足了。《三隧平妖傳‧第十
七回》

還可以稱量抽象事物，如：

　　（3）惡將三尺藐視，憲典安容。《歡喜冤家‧第十五回》

　　（4）一瓢藏造化，三尺新妖邪。《東遊記‧第三十回》

此外，常省略數詞並和「丈」「幅」「寸」等量詞連用，如：

　　（5）臨急乃賜將士米各數升，帛各丈尺，於是人不為用。《東
西晉演義‧第六十八回》

　　（6）陛下肯以尺幅之書，與序過淮，操三寸不爛之舌。《東西
晉演義‧第二六〇回》

（7）樹尺寸於幕府，足下丘山之恩，敢忘銜結？《今古奇觀・
第十一卷》

4. 毫

「寸」的千分之一，《孫子算經》：「十忽為一絲，十絲為一毫，十毫為一
釐，十釐為一分，十分為一寸。」可以用作重量單位和長度單位，明代白話小
說中可以稱量具體事物，表示數量非常之少，如：

（1）並不曾置得一毫產業，有甚麼拋閃不下？《鼓掌絕塵・第
八回》

（2）並不見一毫蹤跡，也沒一個人影。《禪真逸史・第三回》

多用於稱量抽象事物，表虛指，如：

（3）造化二字，沒一毫想頭。《歡喜冤家・第五回》

（4）此時行宮有楊素等一干夾輔，長安有楊約一干鎮壓，喜得
沒有一毫變故。《隋史遺文・第二十四回》

此外，「毫」可以加詞綴「兒」，如：

（5）心裏雖漸漸明白，卻不露一毫兒圭角。《石點頭・第九回》

5. 丈

《說文・十部》：「丈，十尺也。」長度單位，在明代白話小說中可以稱量
具體事物的長度，如：

（1）四圍有千丈青松，明晃晃一輪明月上映龍鱗。《楊家府通
俗演義・第一卷》

（2）又與丈二神槍一條，拿在手中。《混唐後傳・第四回》

也可用於稱量抽象事物，如：

（3）刀鬥刀起萬丈寒光，馬鬥馬蕩一團殺氣。《東西晉演義・
第三四七回》

（4）你道一個文人才子，胸中有三千丈豪氣，筆下有數百卷奇
書。《西湖二集・第一卷》

6. 步₁

《小爾雅・廣度》：「跬，一舉足也。倍跬謂之步。」兩腳之間的距離為一

步。作為長度單位歷代規定不一,周代以八尺為步,唐代以五尺為步,宋代以八尺為步。〔註3〕明代白話小說中也用於稱量距離,如:

（1）追兵乃立於百步之外,以刀豎起。《東西晉演義·第二〇五回》

（2）仗著刀,入那松徑裏,行了一二百步。《三遂平妖傳·第七回》

（3）可高十數丈,遠三四十步,徑黏帆上如膠,立見帆燃莫救。《西湖二集·第十七卷》

7. 里

長度單位,清顧炎武《日知錄》:「《穀梁傳》『古者三百步為一里』。今以三百六十步為里。」一般用於計算里程,明代白話小說中沿用這種用法,如:

（1）且說西湖內新造一所放生池,周圍數里有兩層陂岸,中間起建一所放生池。《歡喜冤家·第十三回》

（2）一直進五六里路,有一座鳳凰山,山中有一座清霞觀。《鼓掌絕塵·第一回》

（3）離此有三十里路,何不接他來看覷春覷?《今古奇觀·第二十九卷》

8. 忽

《孫子算經》:「十忽為一絲,十絲為一毫,十毫為一釐,十釐為一分,十分為一寸。」古代極小的度量單位名,如:

（1）待我不好,一分也是個一字,一釐一毫一絲一忽也是個一字。《南遊記·卷四·華光鬧蜻蜓觀》

（2）也不差一絲一忽。《石點頭·第十一回》

9. 仞

《說文·人部》:「仞,伸臂一尋,八尺。」或說七尺為一仞,也有五尺六寸或四尺為一仞,古代長度單位,如:

（1）疊疊假山數仞,可藏太史之書;層層岩洞幾重,疑有仙人

〔註3〕崔麗:《元代戲曲量詞研究》,山東師範大學碩士學位論文,2019年。

之錄。《今古奇觀‧第三十九卷》

　　（2）一路上，傾岑阻徑、回岩絕谷、石壁千尋、嵯峨磊落、蟠溪萬仞、瀠回澎湃。《韓湘子全傳‧第六回》

　　（3）石罍嵯峨，高哉幾千仞也。《楊家府通俗演義‧第一卷》

10. 舍

古代表距離的單位，三十里為一舍，如：

　　（1）西門慶離他後門半舍遠把馬勒住。《金瓶梅‧第六十九回》

　　（2）追趕高宗至童安，與高宗只爭一舍之地。《大宋中興通俗演義‧第二十三回》

　　（3）此去一舍，山如覆船，其土深厚。《西湖二集‧第八卷》

11. 尋

《說文‧寸部》：「度人之兩臂為尋，八尺也。」古代長度單位，一般為八尺，如：

　　（1）金知縣曉得冤家湊巧，遂躬身回道：知縣本一介草茅，判尊乃千尋梁棟。《鼓掌絕塵‧第三十七回》

　　（2）一路上，傾岑阻徑、回岩絕谷、石壁千尋、嵯峨磊落、蟠溪萬仞、瀠回澎湃。《韓湘子全傳‧第六回》

　　（3）有松柏交翠參天，突兀千尋，雲煙掠地。《東遊記‧第一回》

12. 索₁

古用繩計量長度，由此作計量單位，如：

　　（1）飯盤邊有一索線，線頭上有一個針子，爺明日到避風的去處，且縫一縫，遮了身體。《隋史遺文‧第六回》

　　（2）一索長青綿線，線上穿三十文欑錢，做七八路的隨頭派去。《三隧平妖傳‧第十一回》

二、量制量詞

明代白話小說中統計得到量制量詞5個：石、斛、斗、升、合。

1. 石

《正字通·石部》：「石，量名。《漢志》：『十斗曰石。』」量制單位，明代白話小說中用於稱量糧食、油等，如：

（1）京中近日米糧甚貴，要五兩多一石。《檮杌閒評·第六回》

（2）不如各鎮且助兵五千，糧米三千石，託言邊郡四散鎮守，一時難以畢集。《禪真逸史·第三十九回》

（3）熬就沸油千百石，錫龍纏體灌其身。《醋葫蘆·第十六回》

也用於官俸、軍糧的計量單位，如：

（4）凡官府破耗軍糧至三百石者，即行處斬。《今古奇觀·第二卷》

（5）為文安侯，食祿一千二百石。封楊善為興濟伯，食祿一千石。吳瑾加侯爵，增祿三百石。《于少保萃忠全傳·第三十一傳》

（6）只叫將官饋米百石以為犒賞之資。《西湖二集·第三十四卷》

2. 斛

是舊時的量器，用作量詞時，南宋以前十斗為一斛，南宋末年改為五斗一斛，明代白話小說中沿用，可以稱量酒、糧食和珠寶等具體事物，如：

（1）家有葡萄酒，或至千斛，經十年不壞。《東西晉演義·第二六二回》

（2）我想我生平技藝，會造醇酒美釀，何不設法弄幾斛豆穀，造成些春夏秋冬美味。《東度記·第二十回》

（3）怕沒有十斛明珠，千金聘禮。《今古奇觀·第五卷》

還可以稱量抽象的情感，如：

（4）眉頭塔上雙晶鎖，腹內新添萬斛愁。《醒世恒言·第十三卷》

（5）縱有淒涼苦楚，任你萬斛愁腸，亦不能如其心願。《牛郎織女傳·第十二回》

3. 斗

《說文·斗部》：「斗，十升也。」作度制單位，歷代進制一致，可以用來

稱量糧食，明代白話小說中沿用，如：

（1）陶情道：「我那敝地舊方，卻是一斗糟。」店家道：「是一斗糟。」《東度記・第二十回》

（2）關中之米一斗千錢，江東豐熟。《西湖二集・第九卷》

（3）無由而得，乃私取小豆三斗，至夜繞吉宅前後撒之。《東西晉演義・第一一五回》

用作量詞也可以稱量酒、尿、血等液體，如：

（4）其樯貯酒一斗矣。《東遊記・第二十回》

（5）子偃相次逼床而坐，幃中忽濺出馬溺數斗，浸淫面目。《情史・卷二十一》

（6）後來……陡然下了幾斗鮮血，至今還是有氣無力的。《二刻拍案驚奇・卷三十二》

還可以稱量黃金、花等其他事物，如：

（7）如今百事稱心，黃金百斗。《檮杌閒評・第四十四回》

（8）到次晚，眾女各裹桃李花數斗來謝，付與道人去了。《今古奇觀・第三十一卷》

4. 升

《正字通・十部》：「升，十合器也。」古代量糧食的容器，為斗的十分之一，明代白話小說中用於稱量穀物糧食，如：

（1）臨急乃賜將士米各數升，帛各丈尺，於是人不為用。《東西晉演義・第六十八回》

（2）還租時，做租戶的裝窮說苦，先少了幾斗，待他逼添，這等求爺告娘，一升升拿出來，到底也要少他兩升。《型世言・第四卷》

此外，還可以稱量酒、水、血等液體，如：

（3）視其器如有只一升許，而二人飲之終口不盡。《東遊記・第十回》

（4）人世用水，日不過三五升，過此必減福折算。《情史・卷十九》

（5）霎時間嘔血數升而死，嗚呼哀哉！《石點頭・第五回》

5. 合₁

《孫子算經》卷上：「十抄為一勺，十勺為一合，十合為一升。」一升的
十分之一，明代白話小說中用來稱量糧食，如：

> （1）每人只日給米一二合，摻以茶、紙、樹、草為食。《混唐後
> 傳·第三十一回》

> （2）用葵子三合許，未煎冷服取下，其藥如金色，任吃諸物，
> 並無所損。《西湖二集·第三十四卷》

還可以稱量酒，如：

> （3）今夜這幾合酒，就如幾甕一般，莫要浪飲盡了。《鼓掌絕
> 塵·第二十三回》

三、衡制量詞

明代白話小說中統計得到 7 個：秤、斤（觔）、鎰、兩、錢、分、鈞。

1. 秤

《小爾雅·廣衡》：「斤十謂之衡，衡有半謂之秤，秤二謂之均。」指稱量
物體重量的器具，用作重量單位，十五斤為一秤，明代白話小說中用於稱量事
物的重量，如：

> （1）賜與金一提，銀一秤，權當信物。《水滸傳·第八十五回》

> （2）有一本帳目，到生女之年，卻好有過三十斤黃金，三十斤
> 為一秤，所以喚作「一秤金」。《咒棗記·第一回》

> （3）那高表急入裏面將一秤金拖出，馬上又叫高節抱出了關保，
> 放在廳前。《咒棗記·第六回》

2. 斤（觔）

《漢書·律曆志》：「十六兩為一斤。」本義是斧頭，也用作重量單位，舊
制一斤十六兩，市制一斤十兩，明代白話小說中稱量物體的重量，如：

> （1）每名軍士酒一瓶，肉一斤，對眾關支，毋得剋減。《水滸
> 傳·第八十三回》

> （2）挑了數百斤鹽在肩上，只當一根燈草一般，數百人近他不

得。《西湖二集・第一卷》

字又可以寫作「劯」，如：

（3）才得六十劯，亦異人也。《情史・卷二十二》

3. 鎰

《玉篇・金部》：「鎰，二十兩。」古代的重量單位，關於「鎰」的具體量制有不同說法，明代小說中用來稱量黃金，如：

（1）使大夫持金百鎰、白璧一雙以聘，以輜軿三十乘迎之，將以為夫人。《情史・卷一》

（2）齎到黃金百鎰，彩段千端，遠聘賢豪，委以大任。《禪真逸史・第三十九回》

（3）隨身帶得有黃金二鎰，一半代令郎甘旨之奉。《今古奇觀・第十九卷》

4. 兩

《說文・兩部》：「二十四銖為一兩。」重量單位，明代白話小說中也用於稱量重量，如：

（1）說他尚未傾銀，有銀一綻細絲十二兩重。《杜騙新書・第三類・換銀騙》

（2）摸出一錠銀子來，約有四五兩重。《初刻拍案驚奇・卷二十九》

此外，還有省略中心語直接修飾名詞的，如：

（3）盜去主人幾十兩衣飾，也不顧我，竟逃走去了。《歡喜冤家・第十回》

（4）我怎麼怨你，我是何等的人，為少了幾兩店帳，也弄得垂首喪氣，何況於你？《隋史遺文・第六回》

（5）如今的人，有了幾兩家事，便是花子養的兒子。《歡喜冤家・第十七回》

這些用例中都省略了中心語「錢」，直接修飾衣飾、店帳以及家事，實際為「數＋量＋名」作定語修飾名詞的用法，值得注意。

5. 錢

《日知錄·以錢代珠》:「古算法二十四銖為兩……近代算家不便,乃十分其兩,而有錢之名。」重量單位,十分為一錢,十錢為一兩,明代白話小說中多稱量銀子的重量,如:

（1）到次日天明,包裹中取出一塊銀子,約有二錢重,與他買酒吃厭驚,方纔罷手,放和尚起岸,那漁船自去了。《三隧平妖傳·第十一回》

（2）也有重三分的、也有重半分的、也有重一錢的,揭了起去也不見有些疤痕,仍舊見有金箔生將出來。《英烈傳·第三十二回》

6. 分₂

重量單位,銖的十二分之一為分,明代沿用,如:

（1）便尋幾分銀子,買些精緻細巧時新吃食。《醋葫蘆·第三回》

（2）到艙裏把一個錢秤一秤,有八錢七分多重。《今古奇觀·第九卷》

（3）金並首飾,六百二十三兩一錢二分。《三教偶拈·王陽明靖亂錄》

7. 鈞

《說文·金部》:「均,三十斤也。」衡制量詞,多與數詞「千」「萬」連用,如:

（1）萬事已隨三寸盡,千鈞忽斷一絲輕。《檮杌閑評·第四十八回》

（2）劉裕見自軍中忽然有萬鈞之弩,所發矢中賊,疑必天助。《東西晉演義·第三二九回》

四、面積單位量詞

明代白話小說中統計得到面積單位量詞共 2 個:頃、畝。

1. 頃

《玉篇·頁部》:「頃,田百畝也。」土地面積單位,百畝為頃,明代白話

小說中用於稱量土地、田莊，如：

　　（1）最堪誇，汪汪千頃，一派碧波光。《醋葫蘆‧第二回》

　　（2）一厄濁酒，半文不費，竟圖萬頃良田。《歡喜冤家‧第十二回》

　　（3）暖溶溶百頃淨玻璃，妝就曲江春色。《檮杌閒評‧第二十九回》

2. 畝

面積單位，周代六尺為一步，寬一步，長一百步為一畝，秦五尺為一步，寬一步，長二百四十步為一畝，唐代亦以寬一步，長二百四十步為一畝。明代白話小說中多用於稱量田地、池塘的面積，如：

　　（1）我就聽起水田十畝與他，生別膳養，死為殯殮。《醋葫蘆‧第十二回》

　　（2）這百畝田地，若在南方，自耕自種，也算做溫飽之家了。《石點頭‧第三回》

　　（3）令苗知碩、胡性定兩個藏了短刀，到半畝塘打探。《禪真逸史‧第十七回》

五、貨幣量詞

明代白話小說中統計得到貨幣量詞 8 個：弔、貫、文、緡、金、索、星、串。

1. 弔

弔，本作「弔」，《說文‧人部》：「弔，問終也。」本是追悼死者之義，後引申有懸掛義，用作貨幣量詞，最初以一千個制錢為一弔，是明代新興的貨幣量詞，如：

　　（1）便說價道：「每一個要一弔錢。」你道一弔錢是多少，卻是一千。《鼓掌絕塵‧第十三回》

　　（2）薛內相心中大喜，喚左右挈兩弔錢出來，賞賜樂工。《金瓶梅‧第三十二回》

　　（3）有幾弔錢，見著親友也會經濟，沒有銀子作本的。《醒醒

石・第十回》

「弔」稱量貨幣的用法在明代常見，後來各地算法不一。

2. 貫

《說文・毋部》:「貫，錢貝之貫也。」本義是串錢的繩索，由此引申為量詞，一千個錢為一貫，明代白話小說中用於稱量錢幣，如：

（1）我幾杯兒水洗的孩兒偌大！怎生只與我一貫鈔？《今古奇觀・第十卷》

（2）昨蒙吾師大德，無以為報，今有官給銀壹千貫。《禪真逸史・第三回》

（3）且又十分慳吝，一文半貫，慣會唆那丈夫做些慘刻之事。《初刻拍案驚奇・卷十三》

3. 文

《說文・文部》:「文，錯畫也。」後引申為文字，南北朝以來，銅錢都是其中一面鑄有文字，故南北朝一枚錢稱為一文，明代沿用，如：

（1）純陽子與了一餐酒飯，又與了數十文青錢、數斗白米。《飛劍記・第二回》

（2）越得錢多，越有人要看，直索至百文一看。《混唐後傳・第三十五回》

4. 緡

《廣韻・真韻》:「緡，錢貫。」古代通常以一千文為一緡，如：

（1）便再加一倍，湊做千緡罷。《今古奇觀・第三十八回》

（2）不數日間，接連輸下幾千萬緡。《石點頭・第六回》

5. 金

計算貨幣的單位，明代小說中多用來稱量錢財、寶物等，如：

（1）只見眾盜一齊擁入臥房，得了千金寶鈔，各各心滿意足，出門去了。《東度記・第五十回》

（2）失了千金對象，見畫一枝梅於房內。《歡喜冤家・第二十四回》

（3）在蘇杭收買了幾千金綾羅綢緞，前往川中去發賣。《石點頭・第八回》

6. 索₂

量詞，計算錢幣的單位。古以繩索穿銅錢，每千文為一索，或稱一貫，明代罕見，如：

（1）乃釀錢二萬索雇焉。《情史・卷十六》

7. 星₂

作量詞用於金、銀，如：

（1）每人二星銀子就夠了。《金瓶梅・第六十一回》

（2）這幾星銀子，取壺酒來和哥嫂吃。《金瓶梅・第九十回》

8. 串

舊時制錢一千文之稱，明代沿用，如：

（1）如今市上殺人賣肉，好歹也值兩串錢。《石點頭・第十一回》

（2）高老不能強留，乃奉銀一百兩、金一百兩、綵緞五十匹、銅鐵五十串，酬其救了兒子之功，陳列於庭。《咒棗記・第七回》

六、布帛類量詞

明代白話小說中統計得到布帛類量詞3個：匹（疋）、段、端。

1. 匹₂（疋）

《說文・匸部》：「匹，四丈也。」古代以四丈為匹，稱量的對象主要是布、帛一類的物品，如：

（1）吩咐成茂喚裁縫，來點幾匹時樣紗羅做夏衣。《醋葫蘆・第七回》

（2）就在箱裏取出一匹茶褐色絕細的綿綢。《禪真逸史・第六回》

（3）令近侍取金十錠、蜀錦十匹賜之。《英烈傳・第一回》

字又可以寫作「疋」如：

（4）爾殺人累我，我止得監生五金及兩疋布。《情史‧卷二》

（5）校尉昌玉等，絹二疋。《金瓶梅‧第七十回》

（6）朕就教他特賜進士及第，敕賜黃金一車，白銀一車，綵緞五十疋，夫婦衣錦還鄉。《五鼠鬧東京‧第六回》

還可以用於「一AA」式，如：

（7）自己呼到面前，親自一匹匹打將開來。《西湖二集‧第十九卷》

2. 段₂

布帛單位，明代白話小說中可以稱量白練、紅紗等，如：

（1）後方出閣升坐，扇開簾卷，忽有白練一段。《情史‧卷十四》

（2）騎著一匹高頭俊馬，掛著一段紅紗。《鼓掌絕塵‧第三十五回》

3. 端₂

古代布帛的長度單位，不同時代制度不一，明代沿用，如：

（1）賜江仲遜黃金千兩，綵緞百端，回家養老。《混唐後傳‧第十六回》

（2）今庫藏無有支給，止存練帛三千端。《東西晉演義‧第一七一回》

（3）隨令軍校捧出錦段數端，黃金一笏。《禪真逸史‧第三十一回》

第四章　明代動量詞研究

　　動量詞是稱量動作行為次數的量詞，在量詞系統中佔據重要位置，產生時代較名量詞晚，數量也比名量詞少，現從專用動量詞和借用動量詞兩方面對動量詞進行考察。

第一節　專用動量詞研究

　　專用動量詞是專為計量動作行為的量而存在的，明代白話小說中的專用動量詞有 34 個，分為計數動量詞、整體動量詞、空間動量詞等六類，分述如下。

一、計數動量詞

　　計數動量詞專門用來稱量動作行為的次數，沒有其他含義，較為單一，明代白話小說中通用動量詞共 3 個：度、回$_2$、次。

　　1. 度

　　《說文・又部》：「度，法制也。」本為標度義，輾轉引申為度過義，由此語法化為動量詞，相當於「次」「回」，如：

　　　　（1）恩愛輕分兩度秋，羅衫濕盡淚空流。《鼓掌絕塵・第三十回》

　　　　（2）老懷一搯鍾情淚，幾度沾衣獨泫然。《石點頭・第三回》

（3）也免得他數聲長歎，幾度嗟籲。《禪真逸史‧第三十二回》

2. 回₂

《說文‧口部》：「回，轉也。」即運轉、回繞義，語法化為量詞，用於稱量動作、行為的次數，相當於「次」，如：

（1）原來玉姿承受了這一回，就如服仙丹，欽玉液的一般。《鼓掌絕塵‧第六回》

（2）一段雄心沒按捺處，不會吟詩作賦，鼓瑟彈琴，拈一回槍棒，也足以消耗他。《隋史遺文‧第三回》

（3）有心要去走一遍，做這一回買賣方才回去。《今古奇觀‧第二十三回》

作動量詞也可以表示時間短，相當於「一會兒」，如：

（4）說罷，兩個摟抱著哭了一回。《警世通言‧第三十三卷》

（5）心慌撩亂，尋了一回，哪裏追尋。《歡喜冤家‧第十八回》

（6）躊躇了一回，乃道：「丈夫原說里長逃避，甲首代役。」《石點頭‧第三回》

3. 次

《玉篇‧欠部》：「次，敘也。」有次序、順序之義，輾轉引申為表示動作回數的動量詞，如：

（1）統制看下官分上饒他此一次。《大宋中興通俗演義‧第二十六回》

（2）和妾馮桂姐抱頭痛哭，夫人暈絕數次救醒。《禪真逸史‧第十三回》

（3）改做每年七月七日相逢一次，以遂雙方思想之願。《牛郎織女傳‧第十二回》

（4）又有一輩婦女，赴庵一次過，再不肯來了的。《初刻拍案驚奇‧卷三十四》

明代白話小說中還常加詞綴「兒」，較為特殊，如：

（5）沒人在此，便把你睡一次兒也不妨。《歡喜冤家‧第八回》

（6）早是頭裏你看著，我那等攔了他兩次兒，說爹不在家。《金瓶梅‧第三十五回》

此外，明代用法靈活，可以稱量卷子，表達的是兩次考試的卷子，如：

（7）果然府試、院試，都是親身進去，兩次卷子，單單只寫得一行題目，這也是人情到了，府裏有了名字，院裏也有了名字。《鼓掌絕塵‧第三十五回》

二、整體動量詞

整體動量詞稱量完整的事件數量，明代白話小說中統計得到整體動量詞 9 個：遍、局、頓2、餐2、合2（回合）、任、過、盤、料。

1. 遍

《說文‧辵部》：「遍，帀也。」由「周遍」義發展成為動量詞，稱量事件、動作從頭至尾經歷一次。明代沿用，相當於「次」「回」，如：

（1）蒼頭將詩細細讀了幾遍，低首想了一想。《石點頭‧第二回》

（2）對你說過千回萬遍，總是不理。《檮杌閒評‧第三十三回》

（3）湘子把退之南壇祈雪的事備奏一遍。《韓湘子全傳‧第十二回》

（4）黃飛虎這一遍言語，從頭至尾，細細說完。《封神演義‧第二十七回》

此外，動量詞「遍」還可以加詞綴「兒」，如：

（5）你為百姓祈雨，便步行了這一遍兒，也不見失了體面。《三隧平妖傳‧第十七回》

2. 局

《說文‧口部》：「局，促也。從口在尺下復局之。一曰博，所以行棊。」本有棋盤、棋局義，引申為動量詞，棋類比賽中一次勝負為一局，明代白話小說中用於稱量棋局，如：

（1）下一局不死棋，談一回長生計，食一丸不老丹，養一日真元氣，聽一會野猿啼，悟一會參同契。《韓湘子全傳‧第二十三回》

（2）下了兩局，大家一勝一北。《混唐後傳・第十二回》

3. 頓₂

《說文・頁部》：「頓，下首也。」由「以頭叩地」之義引申為停頓，「『頓』由『停頓』義引申為『一次性』之義，而『停頓』是指物體經過一段時間的運動後的停止狀態，因此也就隱含了『時間長』或『次數多』的語義因素。」[註1]語法化為動量詞，稱量打罵、斥責等的行為次數，如：

（1）遂把兩個兒子痛打了一頓，不容他兩個來往。《西湖二集・第一卷》

（2）喜得今日壽筵，百官在堂上飲酒，不曾見你，不然也索受一頓打罵了。《韓湘子全傳・第十三回》

（3）兩隻手一頓撚，撚在這兩個鍋裏，卻是兩撅乾狗屎。《型世言・第三十四卷》

4. 餐₂

《說文・食部》：「餐，吞也。」本義為吃，引申指所吃的飯食，由此語法化為動狀個體量詞，稱量飯食的頓數，到明代進一步語法化為整體類動量詞，如：

（1）你看他兩個，白白裏打攪了他一餐，又拿了他的甚麼東西，忒煞欺心！《初刻拍案驚奇・卷十二》

（2）李賊動作不得……被江之群僕捉之亂打一餐。《包龍圖判百家公案・第六十一回》

5. 合₂

《說文・亼部》：「合，合口也。」引申而有「相合」之義，由此語法化為動量詞，稱量古代交戰的回合和次數，如：

（1）文虜提刀架祝兩下交戰五十餘合，文虜抵敵不過，回馬便走。《混唐後傳・第三回》

（2）交馬二合，被贊一刀砍死，殺散其眾，向前打破二面銅鑼。《東遊記・第四十回》

〔註1〕李建平：《也談動量詞「頓」產生的時代及其語源》，《語言研究》2013 年第 1 期。

（3）兩個鬥了四五十合，不見勝敗，卻被那郭英、張德勝發動
伏兵，斷絕了他後頭糧草。《英烈傳·第二十二回》

亦可作「回合」，如：

（4）恰好遇著先鋒沈樣，只一回合斬於馬下，跳下馬來，割了
首級，復飛身上馬，殺出陣來，無人攔擋。《喻世明言·第六卷》

（5）兩家棋逢對手，將遇作家，來往有二十四五回合。《封神
演義·第三回》

6. 任

《廣韻·侵韻》：「任，當也。」即擔任官職，語法化為動量詞，明代白話
小說中多用於擔任職務的次數，如：

（1）是個三考出身，後來做了一任典史，趁得千金。《歡喜冤
家·第四十四回》

（2）我得了這一個門生，也不枉在臨安做一任太守。《鼓掌絕
塵·第三十回》

7. 過

《說文·辵部》：「過，度也。」由此語法化為動量詞，如：

（1）遂滿房遍搜一過，只揀器皿寶玩。《今古奇觀·第十五卷》

（2）忠讀一過，悔歎移時。《國色天香·尋芳雅集》

（3）只俟廷試一過，即當請假到廬州訪求。《石點頭·第一回》

8. 盤

《說文·木部》：「盤，承盤也。」一種敞口、扁淺的器具，語法化為名量
詞，稱量盤形的事物，進一步語法化為動量詞稱量棋局，「一局棋」也叫「一
盤棋」，如：

（1）一盤殘局未終，魏徵忽然踏伏在案邊，鼾鼾盹睡。《西遊
記·第十回》

（2）二人在卷棚內，下了兩盤棋。《金瓶梅·第三十六回》

（3）一日，紂王在摘星樓與二臣下棋，紂王連勝了二盤。《封
神演義·第二十回》

9. 料

《說文・斗部》：「料，量也。」本義為稱量，引申為「清點」「料理」等動詞義，到明代和動詞搭配使用，進一步語法化為動量詞，相當於「遍」，如：

（1）一連打了兩料，打得宋江皮開肉綻。《水滸傳・第三十三回》

三、空間動量詞

空間動量詞強調在一定空間內發生的動作行為的次數，明代白話小說統計得到空間動量詞共 4 個：遭、巡、場、轉。

1. 遭（周遭₂、造）

《說文・辵部》：「遭，遇也。」即遇到、遇見，語法化為量詞，帶有周遍性，稱量空間事情發生的次數，「一次」即「一遭」，明代白話小說中常見，如：

（1）我們同去朱家走一遭，與他去斟酌。《石點頭・第六回》

（2）這蕙姿隔得五六日，便把妹子接來見面一遭。《鼓掌絕塵・第八回》

（3）這五人都是五日受一遭夾打。《檮杌閒評・三十三回》

（4）其銀也做幾遭搬了過去。《今古奇觀・第九卷》

亦可作「周遭」，如：

（5）張四哥滿屋看了一周遭，果然沒有。《警世通言・第十五卷》

字亦可作「造」，有強調整體性的意味，如：

（6）次日升堂，正值外邊解審，將來一造板子打死，免了揭黃。《型世言・第三十一卷》

2. 巡

《玉篇・辵部》：「巡，徧也。」語法化為動量詞，相當於「遍」，稱量動作行為的次數，多用於稱量斟酒、斟茶的次數，如：

（1）羊振玉斟了一巡酒，眾人都道：「酒冷。」《一片情・第四回》

（2）行酒三巡，漢主又使愍帝勸酒。《東西晉演義·第一一六回》

（3）四人坐下，小廝斟酒來吃了幾巡。《檮杌閒評·第三回》

（4）公子侍坐於老母之傍。管家婆獻過了一巡茶，夫人開言：……《隋史遺文·第十四回》

3. 場₂

《說文·土部》：「場，祭神道也。」本義為古代祭神的場所，引申為進行某種活動的場所，語法化為動量詞稱量事件發生的過程，如：

（1）回頭見是周智，兩人大笑一場。《醋葫蘆·第二回》

（2）讓他早早返本還元，以全此輩根行，也不失我等解脫一場。《封神演義·第八十三回》

（3）也是你建功一場，你可放心前去。《檮杌閒評·第二十八回》

4. 轉

《說文·車部》：「轉，運也。」《玉篇·車部》：「轉，回也，旋也。」由迴旋之義語法化為動量詞，稱量的動詞往往有環繞義，魏晉南北朝時期已見，但處於萌芽狀態，明代白話小說中沿用，如：

（1）乘著風盤旋數轉，變成一條大黃龍，飛舞於園內。《禪真逸史·第三十九回》

（2）只怕立志不堅，難成正果，汝可一路上變化多般，試他三番四轉。《韓湘子全傳·第六回》

（3）一娘走了一轉，復拿到老太太席前道：「眾位太太……正理。」《檮杌閒評·第三回》

（4）又令李龜年與梨園子弟將三調再葉絲竹，重歌一轉，為妃子侑酒。《混唐後傳·第二十回》

四、持續動量詞

持續動量詞用來稱量持續較長時間或花費較長時間完成的事件，明代白話小說中統計得到持續動量詞共 4 個：番₂、通₂、陣₂、覺。

1. 番₂

《廣韻·元韻》:「番,數也。」《字彙·田部》:「番,次也。」用作量詞稱量事件發生的次數,如:

（1）你這位小官人沒分曉,我在此打攪了一番,自然算房錢、飯錢、酒錢還你。《英烈傳·第十七回》

（2）鍾守淨讒言嫁禍,今欲遠逃避難之情,訴說一番。《禪真逸史·第九回》

（3）竟把兩家的女眷拿來審問一番,具過由堂覆本上去。《檮杌閒評·第二十回》

2. 通₂

《說文·辵部》:「通,達也。」本義為動詞到達義,由此語法化為動量詞,稱量動作行為的次數。劉世儒認為:「『通』作動量,大約在東漢期間就已經萌芽。」〔註2〕明代白話小說中沿用「通」的這種用法,如:

（1）無可奈何,怨悵一通,也只得罷了。《西湖二集·第十六卷》

（2）再命李白對番官面宣一通,然後用寶入函。《今古奇觀·第六卷》

（3）用情易義傳三古,屬耳垣牆別一通。《石點頭·第七回》

還可以稱量擊鼓奏樂的次數,如:

（4）長老於法堂升坐,擊鼓三通,眾僧雲集,魚貫焚香,兩行排立,大眾靜聽。《三教偶拈·濟顛道濟禪師語錄》

（5）慶畢,然後三通鑼鼓,走出一個副末來,開了家門。《鼓掌絕塵·第三十九回》

（6）誦一卷經,念一起佛、吹打一通樂器,到午時暫歇。《禪真逸史·第七回》

3. 陣₂

《玉篇·阜部》:「陣,師旅也。」本義是軍隊行列,語法化為量詞,稱量

軍隊交戰次數，交戰一次為「一陣」，如：

（1）宇文大人，你說秦瓊按兵不動，他曾破朝鮮幾陣？《隋史遺文・第三十八回》

（2）今天子命崇侯虎伐吾，連贏他二三陣，損軍折將，大獲全勝。《封神演義・第三回》

（3）孟觀奮不顧身，勒兵趕殺，一連大戰十數陣，殺得氐兵十損七八。《東西晉演義・第二十五回》

還可以稱量廝殺、試探等動作狀態，如：

（4）這一陣廝殺，擄得漢人甚多。《今古奇觀・第十一卷》

（5）明日先著樊先鋒試探一陣，然後用計破之。《禪真逸史・第十六回》

4. 覺

《說文・見部》：「覺，寤也。」睡醒義，引申為動量詞，稱量睡眠的次數，睡眠一次為一覺，如：

（1）我們到家安頓，還可睡一覺將息。《禪真逸史・第四回》

（2）老爺每常飯後，定要睡一覺；此時正好睡哩。《今古奇觀・第四十九卷》

還可以加詞綴「兒」，如：

（3）你且寬心睡一覺兒。《禪真逸史・第六回》

五、短時動量詞

短時動量詞表示事件的時量短，明代白話小說中統計僅有6個：下、上、歇、和（火）、會、霎。

1. 下

《說文・上部》：「下，底也。」本為方位詞，引申指物體底部，再引申指從高到低，並語法化為動量詞，多用於稱量動作的次數，稱量的動作既可以是連續性的，也可以是非連續性的，如：

（1）也不知甚麼天師府裏學來的符咒，只在丈夫腦骨上輕輕刮的一下。《醋葫蘆・第二回》

（2）把一個人的衣服扯了一下，那人會意，便把籌馬收了。《禪真逸史·第九回》

（3）悄地裏聽一下，卻原來官營吶喊大操兵。《鼓掌絕塵·第七回》

此外，明代白話小說中「下」還可以加詞綴「子」使用，如：

（4）一下子打來，那潑皮溜撒，急把其妻番過來。《今古奇觀·第三十八卷》

（5）手下人見退之發怒，便一下子把王小二拿將過來，撇在地上，用竹片打他，卻看不見湘子。《韓湘子全傳·第十六回》

2. 上

《說文·上部》：「上，高也。」本義是高處，引申而有從低到高義，作動量詞由此語法化而來，宋代已見，明代沿用，如：

（1）六和原餓壞的人，打到三十上，氣已絕了。《一片情·第三回》

（2）認定是造假銀的光棍，不容分訴，一上打了三十毛板。《醒世恒言·卷十六》

（3）當時行童將只大碗，放在濟公面前。一上吃了三十餘碗，暫住。《三教偶拈·濟顛羅漢淨慈寺顯聖記》

3. 歇

《說文·欠部》：「歇，息也。」本義是休息，引申為停止義，並語法化為動量詞，最早見於金代，金桂桃指出早期用例中數詞往往是「三」，[註3]明代多與數詞「一」搭配，如：

（1）劃了一歇，早到那個水閣酒店前。《水滸傳·第十五回》

（2）走回來等了一歇，掇開門閃身入去，隨手關了。《警世通言·第二十卷》

也可以與數詞「半」搭配，如：

〔註3〕 金桂桃：《宋元明清動量詞研究》，武漢：武漢大學出版社，2007年，第195～196頁。

（3）月娘坐了半歇回後邊去了。《金瓶梅‧第三十三回》

（4）下得亭子，松樹根邊又坐了半歇，酒越湧上來。《水滸傳‧第四回》

還可以加詞綴「兒」使用，如：

（5）有好酒買一瓶來，有好一歇兒耽擱。《金瓶梅‧第四回》

（6）那武松盡平昔神威，仗胸中武藝，半歇兒把大蟲打做一堆，卻似倘著一個錦布袋。《水滸傳‧第二十三回》

4. 和（火）

《說文‧口部》：「和，相應也。」本指聲音相應，引申有應和義，並語法化為動量詞，宋元已見。金桂桃指出宋代「『和』與數詞的連用形式為它向量詞的虛化提供了一定的可能性」，而語法化的「滯留性」原則使量詞「和」保留其實義特徵，其最初的稱量對象多與音樂、言說有關，發展到元代，幾乎可以用於各類可持續性動詞。〔註4〕明代白話小說中沿用，帶有短時意味，相當於「會兒」，但已經不再稱量言說類動作，而是稱量摸索、學等動作，如：

（1）韋義方去懷裏摸索一和，把出席帽兒來。《喻世明言‧卷三十四》

（2）吃我先在屋上，學一和老鼠，脫下來屋塵，便是我的作怪藥。《今古奇觀‧第六十三卷》

明代白話小說中，又寫作「火」，《大詞典》《大字典》中均未收錄「火」的這種用法，此用法與動量詞「和」類似，「火」「和」當為同音通用，如：

（3）意思便等他們弄一火，看看發了自己的興再處。《初刻拍案驚奇‧卷二十六》

（4）知觀弄了一火，已覺倦怠。《初刻拍案驚奇‧卷十七》

（5）又飲數杯，醉眼朦朧，餘興未盡。吳山因灸火在家，一月不曾行事，見了金奴，如何這一次便罷？吳山合當死，魂靈都被金奴引散亂了，情興復發，又弄一火。《喻世明言‧第三卷》

在這幾個例句中「火」從短時意味逐漸帶有通用動量詞意味，尤其在例

〔註4〕金桂桃：《動量詞「和」的產生、發展和演變》，《北方論叢》2005年第6期。

（6）中與「次」對應使用，更顯通用動量詞性質，「一火」相當於「一次」，這種用法元代已見，但僅用於與動物進餐有關的情景。

5. 會

《說文·會部》：「會，合也。」引申為聚會、回見義，語法化為動量詞，最早稱量聚會類動詞，明代進一步語法化為短時動量詞，如：

（1）那孩子也不怕，舞弄了一會，孩子跳下來，婦人也下桌子。《檮杌閒評·第二回》

（2）妙珍不知其意，住一會，又聽響彈三彈，妙珍只得去開門。《型世言·第二十二卷》

（3）戰了一會，只見使錘的又同著使叉的殺那使抓的。《封神演義·第六十九回》

6. 霎

《字彙補·雨部》：「霎，倏然也。」即時間短促，語法化為短時動量詞，如：

（1）側耳聽了一霎，又不見一些聲音。《鼓掌絕塵·第五回》

（2）心病也，意兒慵，對一霎紗窗，倚一霎紗窗。《國色天香·劉生覓蓮記》

六、伴隨動量詞

伴隨動量詞是伴隨動作行為而產生的，計量相關動作或結果，明代白話小說中共有8個：趟、泡、替、匝、弄、面、周、課。

1. 趟

動量詞「趟」是明代新興的動量詞，早期用例往往與行走、遊歷有關，如：

（1）沿地雲遊數十遭，到處閒行百餘趟。《西遊記·第二二回》

（2）一月或是許姐夫去一趟，或是兩趟。《型世言·第十六卷》

2. 泡

《玉篇·水部》：「泡，流貌。」即水流的樣子，語法化為動量詞，稱量屎

尿的次數，如：

（1）卻在第一根柱子根下撒了一泡猴尿。《西遊記·第七回》

（2）把門前供養的土地翻倒來，便剌了一泡囫圇穀都的熱尿。
《金瓶梅·第十二回》

3. 替

《廣韻·霽韻》：「替，代也。」引申指人員更替，語法化為動量詞，相當於「趟」，如：

（1）只聽得門前四五替報馬報將來。《水滸傳·第四十七回》

（2）這月娘聽了，心中大怒使人一替兩替，叫了薛嫂兒去。
《金瓶梅·第八十六回》

（3）昨日所約如何？褚家又是三五替人我家來過了。《初刻拍
案驚奇·卷十三》

4. 匝

「匝」即「帀」，《說文·帀部》：「帀，周也。」語法化為動量詞，環繞一周為一匝，明代白話小說中稱量動作行為的數量，如：

（1）林澹然頂禮三匝，然後取出。《禪真逸史·第十四回》

（2）生惶遽走起，繞幔數匝，倏然不見。《情史·卷十六》

（3）眾將帥唯謝下臺，公領大吹大擂遊營一匝而出。《于少保
萃忠全傳·第十八回》

5. 弄

《說文·廾部》：「弄，玩也。」即用手玩弄，輾轉引申為量詞，樂曲一闋或演奏一遍稱為一弄，如：

（1）其意在於高山，撫琴一弄。《今古奇觀·第十九卷》

（2）武帝命江州刺史桓伊吹笛為助樂，桓伊神色無忤，即吹為
一弄。《東西晉演義·第二七一回》

6. 面

《說文·面部》：「面，顏前也。」本義為面部，語法化為動量詞，稱量見面的次數，如：

（1）十餘年不見一面，未知存亡若何，常懷悒怏。《禪真逸史·
第二回》

（2）當日只在洞前與盈盈相見一面，含悲帶喜，雖不交一言，
而情已難捨。《混唐後傳·第三十四回》

7. 周

《小爾雅·廣言》:「周，帀（匝）也。」由此語法化為動量詞，主要稱量環
繞類動作行為，相當於「匝」「回」，如：

（1）有巨犬突入，項綴金鈴，繞室一周而去。《情史·卷十九》

（2）酒環行數周，樂亦隨報。《情史·卷二十》

8. 課

《說文·言部》:「課，試也。」本義考核義，後引申有占卜義，語法化為
動量詞，稱量占卜的次數，占卜一次稱為一課，如：

（1）宋江自己焚香祈禱，占卜一課。《水滸傳·第六十八回》

（2）我每日送他一尾金色鯉，他就與我袖傳一課。《西遊記·
第九回》

第二節　借用動量詞研究

借用動量詞本身不具量詞性質，是借自動詞、名詞或其他詞類，在具體語
境中臨時充當量詞，稱量動作行為的次數，明代借用動量詞同這一時期的借
用名量詞一樣，使用非常靈活，已經逐步成為一個開放的系統，現將明代白
話小說中的借用量詞分為器官動量詞、工具動量詞、伴隨動量詞、同形動量
詞四類，並簡單介紹每個借用動量詞的用法。

一、器官動量詞

器官動量詞是借自人的器官的名詞，用來稱量與之相關的動作行為，明代
白話小說中所見器官動量詞有：口、腳、掌、拳、嘴、眼、頭、巴掌、嘴巴、
鼻子……

1. 口₂

用來吃飯、說話的器官，用作動量詞，稱量吃飯等與口有關的動作，如：

（1）叫大眾入來各銜一口，慢慢咽下，回去寧神打坐。《檮杌閒評‧第二十五回》

（2）力生頓然酒醒，翻身跳起，抹一抹臉，啐了一口，拿起柴擔索子，方才看見娘子與老叟在前。《東度記‧第四十回》

（3）先前李靖殺我不過，你叫他與我戰，你為何啐他一口，掌他一下。《封神演義‧第十四回》

2. 腳₃

本義是小腿，後引申為腳掌，用作量詞稱量腳踢的次數，如：

（1）仰面跌翻於地上，又復臉上踏了一腳。《禪真逸史‧第三十一回》

（2）我上去踢他幾十腳，贏他幾十四段子來。《隋史遺文‧第二十一回》

3. 掌

本義為手心、手掌，用作量詞稱量用手掌打的次數，如：

（1）便一掌打去，王喜氣不過，便一頭撞過來，兩個結扭做一處。《型世言‧第九卷》

（2）李靖原殺我不過，方才這道人啐他一口，撲他一掌，其中必定有些原故。《封神演義‧第十四回》

4. 拳

拳頭，用作量詞稱量拿拳頭打人的動作，如：

（1）他那裏已揮下十七八拳，且是打得落花流水。《醋葫蘆‧第十三回》

（2）這賤人反將朕打一拳。《封神演義‧第三十回》

（3）那廝吃了幾拳，道：「我的晦氣，眼睜睜是個婦人，原來卻是待詔。」《三遂平妖傳‧第六回》

5. 嘴

指鳥嘴，後泛指人、動物及器皿的口，借用作量詞，如：

（1）那鵪鶉連啄了幾嘴，見他不動口勢。《檮杌閒評‧第二十

三回》

（2）坐下馬早被神鷹把眼一嘴傷了，那馬跳將起來，把蘇全忠跌了個金冠倒躚，鎧甲離鞍，撞下馬來。《封神演義‧第三回》

6. 眼

「眼睛」借用作動量詞，稱量看的動作，如：

（1）婁總兵把他仔細認了幾眼，雖若有些廝認，一時間卻記不起。《鼓掌絕塵‧第二十回》

（2）把二娘丟了一眼道：「今日且別，明日巳牌奉覆便了。」《歡喜冤家‧第九回》

（3）高贊一眼看見那個小後生人物軒昂，衣冠濟楚，心中已自三分歡喜。《今古奇觀‧第二十七卷》

此外，還可以帶詞綴「兒」，如：

（4）略看咱一眼兒，其實是個沒名目的官兒。《檮杌閑評‧第四十八回》

（5）適才等候杜兄不到，也是無意中偶然瞥見，略得偷瞧幾眼兒。《鼓掌絕塵‧第二回》

7. 頭₃

借用作動量詞，稱量撞擊、叩頭等動作，如：

（1）須臾，又將次首坐的和尚，亦撞一頭。《三教偶拈‧濟顛羅漢淨慈寺顯聖記》

（2）小道人起身出局，對著諸王叩一頭道：「小子告贏了。多謝各殿下賜婚。」《二刻拍案驚奇‧卷二》

此外，明代白話小說中還有很多雙音節詞借用作動量詞，如：

1. 巴掌

即手掌，借用作動量詞，如：

（1）都氏夾臉摑的一個巴掌道：「老花嘴，……休怪老娘手段滑辣！」《醋葫蘆‧第七回》

（2）凡著鬼迷的，定要打幾個左手巴掌，方脫邪祟。《禪真逸

史‧第二十二回》

2. 嘴巴

即嘴，借用作動量詞，如：

（1）杜雲道：「怎敢著惱，嫂嫂就是再掌我幾個嘴巴，亦不敢惱！」《一片情‧第一回》

3. 鼻子

嗅覺器官，借用作動量詞，如：

（1）若與人爭鬥，只消一鼻子卷去。《西遊記‧第七十四回》

（2）把八戒一鼻子卷住，得勝回洞。《西遊記‧第七十六回》

二、工具動量詞

工具動量詞是借用某種工具稱量動作行為的次數，明代白話小說中統計得到工具動量詞有：杖、鞭、棍、棒、箭、劍、刀、斧、拐、板、槍、錘、叉、副、筆、卦、簽、竹片、竹篦、扇把子、荊條、掛箱、皮鞭、馬鞭、訊棍、欄干棍、棒頭、見風棒、背花棒、毛板、板子、扁拐……

1. 杖

本義是手杖、拐杖，借用為動量詞，如：

（1）令左右將中立先責一百杖，暫且收監，未及審勘。《包龍圖判百家公案‧第七卷》

（2）快伸過腿來，與林長老打三五十杖，消我這口氣。《禪真逸史‧第十四回》

2. 鞭

本義為打馬，後用作名詞指馬鞭，引申為量詞時稱量被鞭打的次數，如：

（1）公子接了，走將過來，將他後退上著實打了幾鞭。《鼓掌絕塵‧第十一回》

（2）曲江昨日君相遇，當下遭他數十鞭。《情史‧卷十八》

（3）他若少有邪曲，就賞他一鞭。《咒棗記‧第九回》

3. 棍

由名詞棍棒義借用為動量詞，表示用棍棒打的次數，如：

（1）被一好漢劈頭一棍打死，一門老幼盡行屠戮。《禪真逸史·第二十九回》

（2）即刻提他書史各於軍前捆打三十大棍，押解下來，火速撥民疏濬。《英烈傳·第六十七回》

（3）那漢子一棍打來，把手中鈛斧就如折蔥一般打做兩三截。《檮杌閒評·第二十一回》

4. 棒

「棒」本為名詞，借用作動量詞表示用棒打的次數，如：

（1）鬥至數合，大聖手起，一棒打下，二十萬天兵沒其一半。《東遊記·第五十六回》

（2）黃州除了宋虎，朔州三棒打死了李子英。《警世通言·第二十一卷》

還可以稱量鑼聲，如：

（3）漸漸至頂，忽聽得下邊一棒鑼聲。《今古奇觀·第八卷》

5. 箭

本義為竹名，後指搭在弓上發射的武器，借用作量詞指被箭射中的次數，如：

（1）扯滿弓弦，暗射一箭，正中丁山左臂。《混唐後傳·第五回》

（2）覷得劉裕較近，一箭射去，而裕在火光之中。《東西晉演義·第三二九回》

6. 劍

是一種武器，借用為量詞表示揮劍的次數，如：

（1）即喚楊柏入，一劍斬之，將首極共恢一同上關來降玄德。《三國演義·第六十五回》

（2）一劍砍將過去，乃一個大的酒榼而已。《西湖二集·第三十卷》

7. 刀

用於切、割、砍、削的器具的總名，借用為量詞在明代白話小說中表示用刀切或割的數量，如：

（1）交了數合，措手不及，被他劈面一刀，砍倒在地。《鼓掌絕塵・三十八回》

（2）遵道力怯，撥馬便回，脫脫趕上一刀，斬於馬下。《英烈傳・第三回》

8. 斧

斧頭，借用作動量詞表示用斧砍或劈的次數，如：

（1）咬金見後面有人到，恐敵人又有幫手，縱馬搖斧，斫一斧來。《隋史遺文・第二十八回》

（2）孟良奮勇，一斧劈死金牛。《東遊記・第四十三回》

9. 拐

即拐杖，借作量詞，表用拐打的次數，如：

（1）只得勉強相持，又被老子打了一拐。《封神演義・第八十四回》

（2）一個鈎帶起來，一個接著一拐打來，張泛的張不住。《檮杌閒評・第二十二回》

10. 板

本義為木板，借用作量詞表示用木板打的次數，如：

（1）與我拽下，剝去衣褲，先打八十板！《醋葫蘆・第十六回》

（2）遂將王立打八十板，問成死罪，張泰釋放還鄉。《西湖二集・第十三卷》

11. 槍

本義是一種武器，借用作量詞時表示被槍刺的動作，如：

（1）子路把石乞刺了一槍，狐黶乘空也把子路砍一刀，砍是不曾砍著。《七十二朝人物演義・卷之二》

（2）張虎恰待求戰，被郭英一槍刺死，屯紮的兵，四下奔潰。

《英烈傳・第二十二回》

12. 錘

即錘子、槌頭，借用作動量詞，如：

（1）田雙取流星錘追打來，一錘正中其背，打得嶷伏鞍而走。
《東西晉演義・第二八一回》

（2）話說張鳳回馬一錘打來，黃飛虎見錘將近，用寶劍望上一掠將繩截為兩斷，收了張鳳百鍊錘。《封神演義・第三十一回》

（3）哈赤惱了，一日請他寨中吃酒，叫心腹韃子哈都將他腦後一錘打死。《遼海丹忠錄・第一回》

13. 叉

刺物、取物的器具，借用作動量詞，如：

（1）不要走！吃老娘一叉！《西遊記・第五十五回》

14. 筆

書寫工具，借用作動量詞，如：

（1）小僧為尊長也添一筆：「無心之冤，改悔可釋。」《東度記・第七十一回》

（2）一筆抹倒道：「這等潦草的惡卷，何堪錄送。」《混唐後傳・第十七回》

15. 卦

占卜的符號，借用作動量詞，如：

（1）灼他一卦，只沒有這樣大龜藥。《今古奇觀・第九卷》

（2）明日我和你一同進城，趁早尋著他問一卦去。《鼓掌絕塵・第十五回》

（3）我去陳家卜得一卦，十分大利，錢財旺相。《歡喜冤家・第九回》

16. 籤

一種尖細的棍子，借用作量詞，如：

（1）再繳一簽，卜得個辛丙，乃是第七十三簽。《二刻拍案驚奇拍案驚奇‧卷十五》

（2）禱告過，再卜一簽，得了個丙庚，乃是第二十七籤。《二刻拍案驚奇拍案驚奇‧卷十五》

17. 竹片

用竹子做成的薄片，借用動量詞，如：

（1）兩倍皂甲吆喝一聲，將兩個拖翻，各打了二十竹片。《禪真逸史‧第三十二回》

（2）那縣官不由分說，先奉承我三十大竹片，押入牢房監禁。《禪真逸史‧第四回》

18. 竹箆

是一種竹片紮成的刑具，借用作動量詞，如：

（1）道濟新剃光頭，正好吃幾竹箆。《三教偶拈‧濟顛羅漢淨慈寺顯聖記》

（2）府尹見這般形狀，心下愈加狐疑，卻是免不得體面，喝叫打著，當下拖翻打了十竹箆。《初刻拍案驚奇‧卷十七》

19. 扇把子

扇柄，借用作動量詞，如：

（1）只顧引聞他耍子，被婦人奪過扇子來，把貓盡力打了一扇把子，打出帳子外去了。《金瓶梅‧第五十一回》

（2）被桂姐用手只一推，罵道：「賊不得人意怪攮刀子，若不是怕唬了哥子，我這一扇把子打的你！」《金瓶梅‧第五十二回》

20. 荊條

荊樹枝條，借用作動量詞，如：

（1）奴家如今扯著你走，若要官休，奴就叫喊起來，說你出家人強姦良家子女，待地方上送你到官，把你打上幾十荊條，枷示兒處市井，追了度牒，釘回原籍，這便是官休。《韓湘子全傳‧第六回》

21. 掛箱

借用作動量詞，如：

（1）眾兄弟料絞的、哨馬的、順袋的，都裝了石塊，等咱拿著個掛箱，先是喻提控交銀子，哄他來時，咱捉空兒照腦袋打上他一掛箱。《型世言·第二十二卷》

22. 皮鞭、馬鞭

鞭子，借用作動量詞，如：

（1）著實打他一百皮鞭，稍代不應之罪。《鼓掌絕塵·第二十一回》

（2）先打一百下馬鞭，作拜見禮罷。《鼓掌絕塵·第三十八回》

23. 訊棍

訊杖，借用作動量詞，如：

（1）喝教加力行杖，各打了六十訊棍，押下死囚牢中，奏請明斷發落。《二刻拍案驚奇·卷五》

24. 欄干棍

棍的一種，借用作動量詞，如：

（1）不由分說，拿進府中，重責一十欄干棍。可憐崔慶打得皮開肉綻，兩腿血流。《包龍圖判百家公案·第五十九回》

25. 棒頭

棍子，借用作動量詞，如：

（1）喝叫敲一百棒頭。《石點頭·第八回》

26. 見風棒

棒子的一種，借用作動量詞，如：

（1）各打四十見風棒！《包龍圖判百家公案·第七卷》

27. 背花棒

背花是持棒於背後迴旋舞弄的各種花式，背花棒的稱呼可能由此而來，借用作動量詞，如：

（1）郡王焦躁，把郭立打了五十背花棒。《警世通言‧第八卷》

28. 毛板

一種刑具，借用作動量詞，如：

（1）拿下打了五十毛板，連原報鋪家，也打二十板罷。《石點頭‧第八回》

29. 板子

板，借用作動量詞，如：

（1）不然我打聽出，每人三十板子。《金瓶梅‧第二十六回》

30. 扁拐

借用作動量詞，如：

（1）若撒一撒野，便拿去桃園內，弔三年，打二百扁拐。《封神演義‧第十四回》

（2）通天教主心下愈加疑惑，不覺出神，被老子打了二三扁拐。《封神演義‧第七十八回》

三、伴隨動量詞

伴隨動量詞是計量伴隨動作而產生的相應結果的數量，明代白話小說中統計得到：步、聲、跤（交）、跌、程、剔、看、劃、撒、掣、圈、摸、抖、著、吹、蕩、問訊、潑、飽、滾、氣、操、把、恭、箍、奪、抿、抽、驚、躬、揖、攛、跳、打合……

1. 步₂

即步行、行走義，「步」表示行走的步數，如：

（1）成珪捉不住腳，倒退了二三步。《醋葫蘆‧第一回》

（2）蕙姿過來，慢慢扶我閒走幾步。《鼓掌絕塵‧第六回》

量詞「步」的「AA」式和「一AA」式重疊得到使用，如：

（3）紅繡鞋步步直趨死路，琵琶刑聲聲總寫哀音。《檮杌閒評‧第三十三回》

（4）那亂草樹枝與棉花，且是枯燥易著，一步步燒到陽物上來。

《禪真逸史‧第二十六回》

此外，「步」可以加詞綴「兒」用於「一AA」式也可以加詞綴「兒」，如：

（5）且遠一步兒下手，省得在近處，容易露人眼目。《今古奇觀‧第二十六卷》

（6）王寡婦見無人在內，他便一步步兒走將進去。《歡喜冤家‧第二十回》

2. 聲

即聲音，用於稱量伴隨相關動作所發出的聲音的次數，如：

（1）頓覺桃臉無春色，愁聽傳書雁幾聲。《今古奇觀‧第三十五卷》

（2）月仙應了一聲，竟至州衙。《歡喜冤家‧第三回》

（3）欲待輕輕咳嗽一聲，通個暗號，又怕前後有人聽見。《鼓掌絕塵‧第五回》

3. 跤（交）

「跤」表示摔跟頭的次數，如：

（1）那天榮未曾防備，一交跌倒。《檮杌閒評‧第四十二回》

（2）一跤跌翻在地，口兒裏是老鸛彈牙。《石點頭‧第十一回》

（3）未及三四個回合，烏雲仙腰間揫出混元鎚，就地一聲響，把赤精子打了一跤。《封神演義‧第八十二回》

字亦作「交」，如：

（4）倒退了十數步，幾乎跌上一交。《今古奇觀‧第十五卷》

（5）嬋玉復又一石，龍鬚虎獨足難立，打了一交。《封神演義‧第五十三回》

4. 跌

跌倒，作量詞稱量跌倒的次數，如：

（1）如玉猛然一個虎翻身，把進忠掀了一跌。《檮杌閒評‧第十二回》

（2）他在前走，因我來遲，趕不上他，我絆了一跌。《西遊記‧

第十一回》

5. 程

行程段落，作動量詞，如：

（1）雙袖掩面大慟，韋皐亦灑淚而行，荊寶又送一程方還。《石點頭‧第九回》

（2）行一程，耽驚一程，惟慮省悟復來追。《禪真逸史‧第二十八回》

字亦作「呈」如：

（3）明日動一呈，多罰些銀子，免得打方好。《歡喜冤家‧第十回》

6. 剔

即剔除，借用作動量詞，如：

（1）將兩指拈起燈杖，打一剔，剔下釭焰焰的燈花蕊兒。《三隧平妖傳‧第一回》

7. 看

即動詞看見，借用作動量詞，如：

（1）今日早起，開眼打一看時，卻是個山神廟的紙錢堆裏，正不知卜吉和道士那裏去了。《三隧平妖傳‧第二十六回》

（2）回過身來，到架子邊定睛打一看時，任遷只叫得苦：一架子饅頭炊餅，都變做浮炭也似黑的。《三隧平妖傳‧第二十七回》

8. 劃

本指划船，借用作動量詞，如：

（1）變為一口寶劍，把胸前打一劃，放下寶劍。《三隧平妖傳‧第二十八回》

9. 剮

割肉離骨，借用作動量詞，如：

（1）不如挺身首官，便吃了一剮，也得名揚於後世。《喻世明言‧第三十八卷》

10. 撒

散佈、散落，借用作動量詞，如：

（1）不使一個人搬去，把一卷經從空中打一撒，化成一座金橋。
《三遂平妖傳・第二十九回》

11. 掣

牽引，借用作量詞，如：

（1）正洗面間，只見一個人把兩隻手去趙正兩腿上打一掣，掣番趙正。《喻世明言・第三十六卷》

12. 圈₂

借用作動量詞，如：

（1）便一圈圈將轉來，對白氏道：……《醒世恒言・第二十五卷》

13. 摸

用手接觸或撫摸，借用作動量詞，如：

（1）外面打一摸時，卻沒有水。《三遂平妖傳・第二十五回》

（2）探手打一摸，一顆人頭；又打一摸，一隻人手共人腳。《喻世明言・第三十六卷》

14. 抖

顫抖，借用作動量詞，如：

（1）解開細麻索兒，打一抖，抖出這個冊兒來看時，只因胡永兒看了這個冊兒。《三遂平妖傳・第十九回》

15. 著

借用作動量詞，如：

（1）崔生見他反跌一著，放刁起來，心裏好生懼怕。《初刻拍案驚奇・卷二十三》

16. 吹

撮口用力出氣，如：

（1）道罷，放開手，故意望倉官臉上打一吹，糠皮塵上迷了倉官眼，一時開不得。《包龍圖判百家公案・第七十三回》

17. 蕩

擺動，借用作動量詞，如：

（1）打一回，吹一蕩，朗言齊語開經藏。《西遊記・第九十六回》

還可以加詞綴「子」，如：

（2）是晚間咱丈夫氣不憤的，去罵他一家子拿去，一蕩子打死，如今不知把屍首撩在那裏？《型世言・第九卷》

18. 問訊

互相通問請教，借用作動量詞，如：

（1）六和只得跟了差人進府，堂上打一問訊，不跪。《一片情・第三回》

19. 潑

向外傾灑，借用作動量詞，如：

（1）魆地裏到臥室中把個磁碗，撒一潑尿，做張做智的擎出房來，交與老孃孃。《三隧平妖傳・第十一回》

20. 飽

吃飽，借用作動量詞，如：

（1）所幸水不大深，尚無生命之虞，卻吃了一飽池水。《牛郎織女傳・第四回》

（2）修道人苦行，或者該是這等。我們自行修善，便該齋他一飽。《東度記・第五十七回》

（3）汝小小道童不夠咱家一飽，來此何干？《韓湘子全傳・第七回》

21. 滾

翻滾，借用作動量詞，如：

（1）將草藥末了搋了一撮，放在酒內，入砂鍋中煎了幾滾。

《檮杌閒評‧第十九回》

22. 操

彈奏，借用為動量詞稱量彈琴的次數，如：

（1）今日正當鼓《關雎》一操。《禪真逸史‧第三十三回》

（2）盤膝坐於墳前，揮淚兩行，撫琴一操。《今古奇觀‧第十九卷》

23. 把 4

借用作動量詞，如：

（1）暗將馮家娘子身上捏了一把，馮娘心如火燃，卻不出聲。《一片情‧第三回》

（2）那來的竟不回答，沒奈何走近前來，把他摸了一把。《鼓掌絕塵‧第五回》

（3）尋見風行者，何立一把手捉住。《大宋中興通俗演義‧第七十二回》

24. 恭

鞠躬，借用作動量詞，如：

（1）兩個公子又深深打了一恭，隨了賈尚書同到後堂坐下。《鼓掌絕塵‧第二十回》

（2）狄去邪見話不投機，不敢再言，只得打了一恭，退出營來。《隋煬帝豔史‧第二十一回》

25. 箍

圍束，借用作動量詞，如：

（1）繞椿一箍，那埽便淌去。《檮杌閒評‧第一回》

26. 奪

強取，借用作動量詞，如：

（1）大步向前，趕上捉筊籮的，打一奪，把他一筊籮錢都傾在錢堆裏，卻教眾當直打他一頓。《喻世明言‧卷三十六》

27. 抿

拭、沾，借用作動量詞，如：

（1）論起來，鹽也是這般咸，酸也是這般酸，禿子包網巾，饒這一抿子兒也罷了。《金瓶梅‧第六十一回》

28. 抽

拉、引，借用作動量詞，如：

（1）皇甫松去衣架上取下一條條來，把妮子縛了兩隻手，掉過屋樑去，直下打一抽，弔將妮子起去。《喻世明言‧卷三十五》

（2）不容毫髮的攤打，足足有三四千抽。《一片情‧第四回》

29. 驚

驚訝，借用作動量詞，如：

（1）當下蕭炅把番書拆開看，吃了一驚。《混唐後傳‧第十九回》

（2）於是鐵拐向前解其繩鎖，將欲跨之，那青牛見其形貌跛惡，打了一驚，脫其韁勒，如天崩地裂，逃出雲霄。《東遊記‧第八回》

30. 躬

鞠躬，借用作動量詞，如：

（1）吾愛陶聽罷，打一躬道：「承教了，領命。」《石點頭‧第八回》

（2）呈秀離坐打一躬道：「爹爹……是君臣了。」《檮杌閒評‧第三十一回》

31. 揖

拱手行禮，借用作動量詞，如：

（1）連作數揖，口中敘許多寒溫的言語。《今古奇觀‧第三卷》

（2）李公子也作了一揖。《今古奇觀‧第五卷》

32. 攛

拋擲，借用作動量詞，如：

（1）夾了，又打上三十攛。《檮杌閒評‧第二十回》

33. 跳

借用作動量詞，如：

（1）婆娘嚇了一跳，只道亡靈出現。《今古奇觀‧第二十卷》

34. 打合

融合、拉攏，借用作動量詞，如：

（1）吃他一打合，只葫蘆提叫他要報傷含糊些，已詐去百餘兩。
《型世言‧第十三卷》

四、同形動量詞

「同形動量詞」又稱「自主動量詞」，是指借用的動量詞與它所計量的動詞是同形而異用的，產生於隋唐五代時期。〔註5〕經發展於宋元時期逐漸成熟，在明代白話小說中更為常見且表現出其獨有的特點。（參第六章第一節中「同形動量」形式）

明代白話小說中的同形動量詞用法和現代漢語中的用法幾乎沒有區別了，如：

看：適才老叔所言的妙人，乘此時去看一看何如？《禪真逸史‧第十三回》

搖、伸：若谷搖一搖頭，伸一伸舌，說道：「此樣事除非張無師、薩真人才做得。」《飛劍記‧第七回》

值得注意的是，明代白話小說中雙音節動詞也大量進入同形動量結構，成為同形動量詞，如：

消遣：悶悶不樂，且到丁惜惜家裏消遣一消遣。《今古奇觀‧卷三十八》

點化：拜迎到家下，點化一點化。《今古奇觀‧卷三十九》

瞅睬：知間識趣的朋友，怎沒一個來瞅睬你一瞅睬？《初刻拍案驚奇‧卷十五》

光輝：是必求兩位大娘同來光輝一光輝。《初刻拍案驚奇‧卷十六》

〔註5〕李建平：《隋唐五代量詞研究》，濟南：山東人民出版社，2016 年，第 191 頁。

風光：與母親風光一風光，不該這樣畏縮。《隋史遺文‧第三十六回》

指引：我只要見鍾、呂師父，煩你指引一指引。《韓湘子全傳‧第七回》

消除：何不先替自家消除一消除？《韓湘子全傳‧第十六回》

講說：忝在通家，不妨常到舍下，寅弟與他講說一講說。《醉醒石‧第十五回》

相見：可替我稟一稟，與我相見一相見。《鼓掌絕塵‧第十一回》

遊玩：若不去遊玩一遊玩，譬如有花不採空回去了。《鼓掌絕塵‧第十三回》

超度：把那冤魂超度一超度，也是一椿功德。《鼓掌絕塵‧第四十回》

挈帶：師父那裏去？挈帶弟子一挈帶。《貪欣誤‧第二回》

斗膽：老身也要斗膽一斗膽。《醋葫蘆‧第二回》

搭救：嫂嫂可憐，搭救我一搭救！《一片情‧第二回》

磨擦：免不得將那水晶眼磨擦一磨擦。《西湖二集‧卷四》

奉敬：不如將此草奉敬他一奉敬，即報了此恨了。《禪真逸史‧第二十回》

　　明代白話小說中這種結構比比皆是，還有「拜見、商量、分派、賞鑒、爽蕩、祈禱、拜望、撿點、餞別、親目、尋訪」等都可以用在這種結構中，但這種結構是不符合漢語韻律的，因此沒有沿用到現代漢語中。

　　此外，明代白話小說中這一結構中的數詞「一」可以不出現，成為動詞的迭用，如「風光風光」「拜見拜見」「品評品評」「商量商量」「消遣消遣」「點化點化」等，這使得明代白話小說中雙音節動詞的迭用也很常見。

第五章 明代量詞歷時發展及其語法化研究

　　量詞不是一個先在的語法範疇，而是由名詞、動詞等其他詞類語法化而來的。本章在微觀研究的基礎上從宏觀角度對明代漢語量詞系統的整體特征和數量表示法進行共時描寫和歷時比較研究，選取 20 部作品統計出 41645 例物量表示法和 7893 例動量表示法中不同數量結構的使用頻率，並進一步考察量詞語法化的發展狀況。我們發現明代量詞系統基本沿襲自宋元，並繼續穩固完善，並且在穩定發展的基礎上更富於變化。

第一節　明代量詞數量表示法及歷時發展

　　量詞的特點之一是通常不單獨使用，需要與數詞、名詞等組合使用，因此考察量詞的數量表示法非常重要，要全面瞭解明代白話小說中量詞的狀況，必須探究明代白話小說中量詞數量表示法的情況。

一、明代量詞數量表示法的分類考察

　　根據數量表示結構中量詞性質的不同，將數量表示法分為兩類，即從物量表示法和動量表示法兩方面對明代白話小說的數量表示法進行分類考察。

（一）物量表示法

明代白話小說中量詞的物量表示法主要有「數詞＋名詞」「數詞＋形容詞」「數詞＋量詞」「數詞＋量詞＋名詞」「名詞＋數詞＋量詞」這幾種，也存在量詞單獨使用和數詞單獨使用的情況。

1. 數詞與名詞進行組合

明代白話小說中數詞與名詞組合有「數詞＋名詞」和「名詞＋數詞」兩種形式，如：

「數詞＋名詞」結構：

（1）真是世間一神童也。《鼓掌絕塵・第一回》

（2）轉商量擇一吉日，將郭喬贅了入來。《石點頭・第一回》

「名詞＋數詞」結構：

（3）其鳥數百千，色名無定相，入七寶林。《西湖二集・第二十五卷》

（4）率領凶徒數百，精勇無敵。《禪真逸史・第十五回》

2.「數詞＋形容詞」結構

「數詞＋形容詞」結構一般表示名詞性意義，如：

（1）中外各官一喜一懼。《西湖二集・第十八卷》

（2）伯駟夢仙，一雅一俗。《石點頭・第二回》

3.「數詞＋量詞」結構

「數詞＋量詞」結構是「數詞＋量詞＋名詞」結構將名詞省略了，但其所修飾的名詞一般隱含在句子中可以補出，不會產生歧義，如：

（1）應星拉來放在半邊，何嘗一滴入口！《檮杌閒評・第三十八回》

（2）你一杯，我一盞，歡容笑口，媚眼調情。《歡喜冤家・第一回》

4.「數詞＋量詞＋名詞」結構

「數詞＋量詞＋名詞」結構是明代白話小說中最常用的數量表示法，佔據主要地位，也是量詞系統發展成熟的重要標誌，如：

（1）及至聯姻二姓，伉儷百年，一段奇異姻緣。《鼓掌絕塵·第一回》

（2）要在科場內拔識幾個奇才。《石點頭·第一回》

（3）這一陣狂風，把一湖清水變作烏黑。《檮杌閒評·第一回》

明代白話小說中「數詞＋量詞＋名詞」結構中名詞前常加助動詞「之」和「的」，其中加「的」的形式在明代之前罕見，如：

（4）提起筆來，直是千斤之重。《石點頭·第二回》

（5）望城上時，約離北門有半裏之路。《水滸傳·第四十一回》

（6）於是卻把一罐的酒、一隻的雞享用已盡。《飛劍記·第十回》

（7）那幾個婆子總是一夥的人，又不好偏護著你。《鼓掌絕塵·第二十五回》

此外，這一結構省略前面數詞便成為「量詞＋名詞」結構，如：

（8）特來尋哥哥討匹絹去做衣服。《今古奇觀·第三卷》

（9）但是身無寸絲，怎好見人？《檮杌閒評·第十八回》

5.「名詞＋數詞＋量詞」結構

「名詞＋數詞＋量詞」結構在明代白話小說中也較為常見，但使用頻率與魏晉南北朝和隋唐五代時期相比較低，如：

（1）先將白銀五十兩、綵緞二十端以賜處士周智。《醋葫蘆·第二十回》

（2）預先辦下豬尿泡一個，空節竹竿一枝。《歡喜冤家·第二十四回》

（3）又取象牙梳子一副，名人詩畫、檀香骨子金扇二柄。《禪真逸史·第六回》

6. 量詞單用

在明代白話小說中，量詞單獨使用與其他數量結構相比使用頻率較低，如：

（1）內一人，身長丈餘，滿身金甲，光芒射人。《韓湘子全傳·第八回》

（2）金眼黃口，赭身錦鱗，體如珊瑚之狀，腮下有綠毛，可長寸餘。《喻世明言·第三十四卷》

（3）故意道：「你們也請我吃些。」《水滸傳·第四十三回》

7. 數詞單用

數詞不與名詞和量詞連用而單獨使用，但其所修飾的名詞在前文通常已經出現，量詞也可補出，不會造成歧義，如：

（1）老成的，後生的，欣欣然來了二三十。《鼓掌絕塵·第三十二回》

（2）真個是問一答十、問十答百。《西湖二集·第三卷》

（二）動量表示法

明代白話小說中動量表示法主要有「數詞＋動詞」「數詞＋量詞」「數詞＋量詞＋動詞」「動詞＋數詞＋量詞」和量詞單獨使用這幾種形式。

1. 數詞與動詞進行組合

數詞與動詞進行組合分為「數＋動」和「動＋數」兩種形式，都是用來稱量動作、行為的次數，如：

「數詞＋動詞」結構：

（1）只見成珪叫聲「領命」便向房中一撞。《醋葫蘆·第二回》

（2）將羅帕著實一扯，扯將出來一看。《西湖二集·第十二卷》

「動詞＋數詞」結構：

（3）先把宋仁打了三十板，又將楊祿重責四十。《歡喜冤家·第十五回》

（4）奸者各該杖八十，姑念你二人天生一對。《鼓掌絕塵·第二十七回》

動詞和數詞組合時，有時中間加助詞「上」和「了」，如：

（5）一連打上二十，才教住了。《石點頭·第十回》

（6）將孫仰冠帶去了，登時揪於堂下打了五十。《包龍圖判百家公案·第三卷》

2.「數詞＋量詞」結構

「數＋量」結構在明代白話小說也較常見，如：

（1）又被都飆腳尖到處，番筋斗又是一交，連忙扒得起來。《醋葫蘆‧第十三回》

（2）將土堆成路徑，卻掃去，又堆，約有一二十遍。《禱杌閒評‧第一回》

（3）七聲八聲，湖水掀天揭地，龍王、水卒、蝦兵、鬼怪如風湧到船邊。《今古奇觀‧第二十九卷》

3.「數詞＋量詞＋動詞」結構

「數＋量＋動」結構在明代白話小說中使用頻率不高，「數詞＋量詞」置於動詞前作狀語，現代漢語中已不常見，如：

（1）花色妍，月色妍，花月常妍人未圓，芳華幾度看。《石點頭‧第九回》

（2）幾遍寫字來喚他回去。《今古奇觀‧第五卷》

（3）這一次雲雨之後，就懷了六甲。《西湖二集‧第十卷》

4.「動詞＋數詞＋量詞」結構

「動＋數＋量」結構在明代白話小說的動量表示法中佔據主要地位，這也是動量詞成熟的一個重要標誌，明代白話小說中這一用法非常常見，如：

（1）又被花二娘罵了一場，心中不忿。《歡喜冤家‧第一回》

（2）我尋了恩人好幾遍，皆遇不著。《石點頭‧第一回》

（3）陳阿保又復趕進一步，李秀將手劈胸擋住。《禪真逸史‧第十回》

值得注意的是明代白話小說中常在「動＋數＋量」結構中動詞後加賓語，形成「動詞＋賓語＋數詞＋量詞」結構，增加賓語作為受事者成為這一結構在明代白話小說中較為典型的用法，如：

（4）你要見他一面，千萬要他同來用箸素面。《醋葫蘆‧第二十回》

（5）等我先去打這淫婦一頓，與你出氣。《禱杌閒評‧第三十七回》

（6）你們且回去回覆老奶奶一聲再來。《今古奇觀·第三十九卷》

此外，「動＋數＋量」結構中常後加名詞作為對象，形成「動詞＋數詞＋量詞＋名詞」結構，這也是明代白話小說中這一數量結構所表現的特殊性，如：

（7）就是不做得興時，也只是做過了一番官了。《今古奇觀·第四十卷》

（8）豈不替魚鱉做了一頓飽食？《醋葫蘆·第八回》

（9）少不得與他一頓好皮鞭，自然妥當。《石點頭·第十回》

5. 量詞單用

動量詞單獨使用在明代白話小說中非常少見，且多限於個別量詞，如：

（1）這個人面獸心強盜，我前番卻被他瞞了。《歡喜冤家·第一回》

（2）今番有幸遇著真本事的了，是必要求他去替我煉一煉則個。《初刻拍案驚奇·卷十八》

二、明代量詞數量表示法的歷時發展

漢語量詞的語法化到宋元時代已經發展成熟，到明代量詞系統繼續完善，同時又體現出量詞系統發展的新特點，我們從考察的 55 部小說中進一步選擇 20 部較典型的明代白話小說（明代前中期 5 本，明代後期 15 本），對其中的數量結構分類並窮盡性統計，得到每種數量結構在小說中的使用頻率，據此與宋元及清代比較，探究數量表示法的歷時發展。

明代白話小說的數量表示法中無論是名量結構還是動量結構都表現出搭配使用的穩定性；另一方面，由於量詞和中心詞間的雙向選擇關係日益固定，量詞一定程度上沾染了名詞的語義，在具體語境中數量結構往往隱含中心詞的意義，體現出量詞使用的靈活性，表現出量詞系統的逐漸成熟完善。現對明代白話小說中的數量表示法及其特點詳述如下。

（一）物量表示法的歷時發展

我們選出的 20 種明代白話小說中共見 41645 例物量表示法，其中使用量詞的總計 27978 例，占總數的 67.18%（見表 5-5）；在量詞語法化剛剛成熟的

宋元時代，兩宋話本中使用量詞的物量表示法占總數的 70.72%，全元戲曲中使用量詞的物量表示法占總數的 70.61%〔註1〕；可見，明代白話小說中量詞的使用頻率和宋元時代基本持平。明代白話小說中的量詞經魏晉南北朝、隋唐五代、宋元時期的發展後，已漸趨成熟、完善，表現如下。

1. 使用量詞的結構在物量表示法中佔據主導地位

較之前時代相比，明代白話小說中的新興量詞較少，量詞的發展更多體現在原有量詞使用頻率的進一步提高和用法的靈活多樣上。吳福祥（2007）統計魏晉南北朝 4 種文獻《世說新語》《百喻經》《賢愚經》《六度集經》中用量詞的數量結構 1290 例，占物量表示法的 87.54%；宋代話本 3586 例數量表示法中使用量詞的達 2536 例，占總數的 70.72%。元代戲曲中物量表示法 24287 例，其中使用量詞的數量結構是 17150 例，占比 70.61%。可見，從魏晉南北朝一直到元代，在口語性較強的文獻中，使用量詞佔據優勢地位。

在明代白話小說中統計共得到物量表示法 41645 例，其中不使用量詞的數量結構有 13667 例，占比 32.82%，使用量詞的數量結構是 27978 例，占比 67.18%（見表 5-5），使用量詞在明代白話小說的數量表示法中仍占主導地位，但所佔比例卻與元代基本持平甚至略低於元代。我們發現，明代白話小說中不用名量詞的物量表示法中存在大量的「一＋名」結構和「數＋人」結構，而這些結構不能反映最典型的數量關係（詳見下文），鑒於此，我們將明代白話小說中的「一＋名」結構和「數＋人」結構剔除後重新統計，發現不使用量詞的數量結構由 13667 例減少為 6127 例，所佔比例也由 32.82%降至 17.96%，使用量詞的比例上升至 82.04%（見表 5-6），較元代高出十多個百分點，主導地位更加凸顯。

我們將明代白話小說中數量結構情況按時期劃分為兩個階段分別統計，明代前中期白話小說中 6807 例使用量詞的數量表示法，占 10938 例物量表示法的 62.23%（見表 5-1），這一比例在明代後期的白話小說中變為 68.95%（見表5-2），由此可見，使用量詞始終占主導地位，而在之後的清代，使用量詞在物

〔註1〕 該書涉及的兩宋話本中的相關數據參照崔麗、李建平《兩宋話本中的量詞及其語法化研究》，《安順學院學報》2017 年第 6 期；涉及的元代戲曲中的相關數據參照崔麗《元代戲曲量詞研究》，山東師範大學 2019 年碩士學位論文，下文同此，為行文簡便，不再單獨說明。

量表示法中的比例更是高達 78.95%〔註2〕，可見使用量詞的結構在物量表示法中占主導地位並呈現出繼續增長的趨勢。此外，若剔除「一＋名」結構和「數＋人」結構，明代前中期白話小說使用量詞所佔比例變為 73.54%（見表 5-2），明代後期這一比例變為 85.2%（見表 5-4），可見這一時期量詞系統近乎成熟完善。

2.「數＋量＋名」結構在物量表示法中佔優勢地位

據統計，明代白話小說 16554 例「數＋量＋名」結構，占 41645 例數量表示法的 39.75%（見表 5-5），占 27978 例使用量詞的數量結構的 59.17%，仍是最為重要的數量表示結構，這與兩宋話本和元代戲曲中量詞的使用情況基本一致。宋元時期「數＋量＋名」結構在物量表示法中已佔據優勢地位，在兩宋話本 2536 例使用量詞的物量表示法中「數＋量＋名」結構 1657 例，占 65.34%；在元代戲曲的 17150 例使用量詞的物量表示法中「數＋量＋名」結構 10117 例，占 58.99%。到明代，明代白話小說中「數＋量＋名」結構占使用量詞的物量表示法的 59.17%，可見，明代「數＋量＋名」結構的使用頻率與宋元時代基本持平，且略低於宋代的使用頻率。而在之後的清代白話小說中的 10882 例「數＋量＋名」結構僅占 22637 例物量表示法的 48.07%，這一比重進一步下降，可見明代「數＋量＋名」結構在物量表示法中占比下降並非偶然，而是量詞系統發展的趨勢。

從歷時角度看，明代前中期白話小說中 4386 例「數＋量＋名」結構占 6807 例使用量詞的物量表示法的 64.43%（見表 5-1），明代後期 12168 例「數＋量＋名」結構占 21171 例使用量詞的物量表示法的 57.47%（見表 5-3）。由此可見，「數＋量＋名」結構在明代這一共時階段內部的使用情況也略有差異，雖然在物量表示法中仍佔優勢地位，但從明代前中期到明代後期的白話小說中「數＋量＋名」結構的比重呈現下降趨勢。

故無論從歷時比較還是共時比較中都可以得出，這一時期「數＋量＋名」結構仍佔優勢但不再佔據主導地位，疑此是由於量詞系統及數量表示法的不斷發展，到了明代已具備較為完善的數量表示法系統，故表達數量概念時使用的

〔註2〕 本文涉及的清代白話小說的相關數據參照任小紅《清代白話小說量詞研究》，山東師範大學 2020 年碩士學位論文，下文同，不贅述。

表達方式更為靈活，且一些量詞在長期雙向選擇中沾染了中心詞詞義，不必完全遵循「數＋量＋名」這一所謂「標準」的數量表達結構，而多據上下文省略中心詞或用更簡便的結構表達數量概念。比對宋元並結合清代數量表示法的數據來看，這是明清時期量詞系統逐漸成熟完善的大勢所趨。

3.「數＋名」結構佔據重要地位

從量詞語法化成熟的宋元時代到量詞進一步完善的明代，不用量詞的物量表示法也始終佔據著重要地位，在明代白話小說中，不用量詞的表示法在物量表示法中占 32.82%，其中明代前中期不用量詞的物量表示法更是高達 37.77%。不用量詞的情況基本都是「數＋名」結構，「名＋數」結構只在特定語境中偶然使用，只有「數＋名」結構的十分之一左右，而「數＋名」結構中「一＋名」和「數＋人」兩種結構又佔據了很大一部分。為了進一步說明明代白話小說的名量詞使用情況，我們剔除數量表示法中的「一＋名」和「數＋人」結構後重新統計，發現不使用量詞的物量表示法由 32.82%（見表 5-5）下降至 17.96%（見表 5-6），明代前中期白話小說中這一比例由 37.37%（見表 5-1）下降至 24.46%（見表 5-2），明代後期這一比例更是由 31.05%（見表 5-3）下降至 14.80%（見表 5-4），可見「數＋名」結構中「一＋名」和「數＋人」結構所佔比例之大。

數詞「一」在現代漢語中常有不定指的意味，在明代白話小說中「一＋名」結構已不單純為了說明具體數量的多少，表量意味已較弱，數詞和名詞「人」直接結合而不用量詞，這似乎成為常態，現代漢語中也經常使用。明代白話小說的「數＋名」結構中除去「一＋名」和「數＋人」結構後，「數＋名」結構在數量表示法中所佔比例下降近半，如《醋葫蘆》的 123 例「數＋名」結構中，除去「一＋名」「數＋人」結構後只剩 43 例，由此可見「一＋名」和「數＋人」的搭配在「數＋名」結構中的重要地位。除去這兩種情況，也有特定語境下省略了量詞或為求簡而未使用量詞的情況，但這種情況所佔比重較少。此外，「數＋名」結構中除去「一＋名」和「數＋人」結構後，所剩的「數＋名」結構多為以下幾類：一是在神魔、英雄題材小說中稱量將軍和妖怪的如「二將」「二馬」「三妖」等；二是稱量人體器官的，如「兩眼」「兩臂」「兩手」等；三是表示數量較多的事物或較為固定的搭配用法，如「千弩」「萬馬」

「萬事」等。由此可見，明代白話小說中「數＋名」結構佔據重要地位，但其表量意味逐漸模糊，真正在名量表示法中占主導地位的還是使用量詞的表達。

表 5-1 明代前中期白話小說物量表示法統計表

文獻名	數・名	名・數	數詞單用	數・量	名・數・量	數・量・名	量詞單用	總計
東遊記	270	15	4	69	29	40	1	428
南海觀世音菩薩出身修行傳	105	5	0	24	18	113	1	266
南北宋志傳	524	206	4	229	161	361	0	1485
封神演義	2539	46	5	849	148	2047	2	5636
三隧平妖傳	388	9	11	785	103	1825	2	3123
總計	3826	281	24	1956	459	4386	6	10938
頻率（％）	34.98	2.57	0.22	17.88	4.19	40.10	0.06	100
總計	4131			6807				10938
頻率（％）	37.77			62.23				100

表 5-2 明代前中期白話小說物量表示法統計表（除去「人」和「一＋名」）

文獻名	數・名	名・數	數詞單用	數・量	名・數・量	數・量・名	量詞單用	總計
東遊記	138	15	4	69	29	40	1	296
南海觀世音菩薩出身修行傳	49	5	0	24	18	113	1	210
南北宋志傳	226	206	4	229	161	361	0	1187
封神演義	1553	46	5	849	148	2047	2	4650
三隧平妖傳	177	9	11	785	103	1825	2	2912
總計	2143	281	24	1956	459	4386	6	9255
頻率（％）	23.16	3.04	0.26	21.13	4.96	47.39	0.06	100
總計	2448			6807				9255
頻率（％）	26.46			73.54				100

表 5-3 明代後期白話小說物量表示法統計表

文獻名	數・名	名・數	數詞單用	數・量	名・數・量	數・量・名	量詞單用	總計
醋葫蘆	123	0	1	186	39	371	14	734
歡喜冤家	238	1	0	352	85	889	18	1583

文獻名	數·名	名·數	數詞單用	數·量	名·數量	數·量名	量詞單用	總計
鼓掌絕塵	202	5	1	827	89	1672	53	2849
國色天香	807	22	10	289	262	143	2	1535
情史	1932	103	27	607	394	265	6	3334
石點頭	377	3	1	369	89	860	12	1711
檮杌閒評	356	8	7	720	128	1505	4	2728
西湖二集	593	11	5	568	266	1481	1	2925
禪真逸史	1017	98	3	560	221	1870	1	3770
混唐後傳	322	19	5	103	79	0	2	530
東西晉演義	1074	549	11	414	158	211	1	2418
今古奇觀	676	6	10	1069	323	2117	42	4243
牛郎織女傳	65	1	0	16	13	83	1	179
三教偶拈	574	42	31	329	179	418	0	1573
飛劍記	183	5	12	77	35	283	0	595
總計	8539	873	124	6486	2360	12168	157	30707
頻率（％）	27.81	2.84	0.40	21.12	7.69	39.63	0.51	100
總計	9536			21171				30707
頻率（％）	31.05			68.95				100

表 5-4 明代後期白話小說物量表示法統計表（除去「人」和「一＋名」）

文獻名	數·名	名·數	數詞單用	數·量	名·數量	數·量名	量詞單用	總計
醋葫蘆	43	0	1	186	39	371	14	654
歡喜冤家	56	1	0	352	85	889	18	1401
鼓掌絕塵	58	5	1	827	89	1672	53	2705
國色天香	198	22	10	289	262	143	2	926
情史	474	103	27	607	394	265	6	1876
石點頭	91	3	1	369	89	860	12	1425
檮杌閒評	126	8	7	720	128	1505	4	2498
西湖二集	152	11	5	568	266	1481	1	2484
禪真逸史	350	98	3	560	221	1870	1	3103
混唐後傳	112	19	5	103	79	0	2	320
東西晉演義	478	549	11	414	158	211	1	1822
今古奇觀	149	6	10	1069	323	2117	42	3716
牛郎織女傳	31	1	0	16	13	83	1	145
三教偶拈	238	42	31	329	179	418	0	1237
飛劍記	126	5	12	77	35	283	0	538

總計	2682	873	124	6486	2360	12168	157	24850
頻率（%）	10.79	3.51	0.50	26.10	9.50	48.97	0.63	100
總計	3679			21171				24850
頻率（%）	14.80			85.20				100

表 5-5　明代白話小說物量表示法統計表

文獻名	數・名	名・數	數詞單用	數・量	名・數・量	數・量・名	量詞單用	總計
明代白話小說物量表示法總計	12365	1154	148	8442	2819	16554	163	41645
頻率（%）	29.69	2.77	0.36	20.27	6.77	39.75	0.39	100
總計	13667			27978				41645
頻率（%）	32.82			67.18				100

表 5-6　明代白話小說物量表示法統計表（除去「人」和「一＋名」）

文獻名	數・名	名・數	數詞單用	數・量	名・數・量	數・量・名	量詞單用	總計
明代白話小說物量表示法總計	4825	1154	148	8442	2819	16554	163	34105
頻率（%）	14.15	3.38	0.43	24.75	8.27	48.54	0.48	100
總計	6127			27978				34105
頻率（%）	17.96			82.04				100

（二）動量表示法

　　明代白話小說中動量詞系統也發展的較為成熟，相較於魏晉南北朝、隋唐五代時期，動量詞數量增多，用法也更為多樣，表現如下：

1. 使用量詞的結構在動量表示法中佔據主導地位

　　使用動量詞在明代白話小說的動量表示法中占主導地位。在宋代話本的動量表示法中使用量詞的情況已經占總數的 70.61％，元代戲曲中統計使用動量詞的動量表示法 4260 例，占總量的 79.52％，可見使用動量詞已經成為元代動量表示法的一種規範。但在明代白話小說中統計得到 7893 例動量表示法，其中不使用動量詞的統計得到 3254 例，占比高達 41.14％，而使用動量詞的動量表示法 4646 例，占比 58.86％（見表 5-11），這一數據與清代白話小說中使用量詞占動量表示法的 59.01% 非常吻合。由此可見，明代白話小說的動量表示法中動

量詞的使用仍在物量表示法中佔優勢地位，但使用頻率大大降低，不同於此前宋元時代，且這一頻率在之後的清代白話小說中並沒有出現上升的趨勢。

但我們發現，明代動量表示法中存在大量的「數＋動」結構，而「數＋動」結構中又多是「一＋動」的結構，其表量意味也較為模糊，鑒於此，我們將「一＋動」從「數＋動」結構中剔除，重新統計數據，發現數據發生很大變化。剔除「一＋動」結構後，明代白話小說中動量表示法 7893 例僅剩 4871 例，其中不使用動量詞的動量表示法由 3247 例驟降到 225 例，所佔比例也由 41.14%降至 4.62%，這樣一來，使用動量詞的動量表示法所佔比例就高達 95.38%（見表 5-12），較元代戲曲中的 79.52%還要高出十多個百分點，這一變化之大，值得我們注意。

從明代共時階段內部的分段來看，明代前中期使用動量詞的動量表示法有 1908 例，占總量 2842 例的 67.13%（見表 5-7），而明代後期這一比例降至 54.21%（見表 5-9）；剔除「一＋動」結構後，明代前中期使用動量詞的動量占 98.40%（見表 5-8），明代後期占 93.39%（見表 5-10），都較之前有大幅增加。可見，無論從歷時還是共時內部的比較來看，明代使用量詞的結構在動量表示法中佔據主導地位，說明明代的量詞系統漸趨成熟完善。

2.「動＋數＋量」結構在動量表示法中也佔據主導地位

在明代白話小說中「動＋數＋量」結構在所有動量結構中佔優勢地位，在使用量詞的動量表示法中占主導地位，動量詞系統發展較為成熟。在動量表示法中，從宋元時代開始，「動＋數＋量」結構在使用動量詞的動量表示法中就佔據了絕對優勢地位，元代戲曲中「動＋數＋量」結構 2982 例，占使用動量詞的動量表示法 4306 例的 69.25%，發展到明代這一比重進一步增加，在明代白話小說中「動＋數＋量」結構 3446 例，占使用動量詞的 4646 例動量表示法的 74.17%（見表 5-11）佔據主導地位。

3.「數＋動」結構佔據重要地位

明代白話小說中不使用動量詞的動量表示法 3247 例，其中「數＋動」有 3166 例，「數＋動」占整個動量表示法的 41.14%，占不用動量詞的動量表示法的 97.51%，有著重要的地位。但如前文所述「數＋動」結構中數詞為「一」的佔據重要地位，除去「一＋動」結構後，明代不用動量詞的「數＋動」表示

法由41.14%降至4.62%（見表5-12）。可見，明代白話小說的「數＋動」結構中除去「一＋動」結構所剩不多，如《南北宋志傳》的51例「數＋動」結構中，除去「一＋動」結構僅剩5例，分別為「三戰三捷」「七擒七縱」「匡胤再回馬兩戰之」「韓延壽見天陣破得七殘八落」「雙亡北地城坳」，考察其他小說中數詞不是「一」的「數＋動」結構，還有「百鍊不磨」「萬剮千錘」「刀兵四起」等用法，這些「數＋動」結構逐漸演變為較為固定的格式。此外，大量的「一＋動」結構為「一見」「一戰」「一出」「一聞」等，結合語境可見其表量意味模糊，多帶有短時意味。由此可見，「數＋動」結構雖然在明代白話小說中佔據著重要的地位，但用真正意義的動量表示法幾乎都用動量詞來表達，這也體現出明代動量詞系統逐漸向現代漢語動量詞系統靠攏。

4. 數詞單獨使用在動量表示法中幾乎不見

數詞單獨使用在動量表示法中已經幾乎不見。數詞單用多在文言語體中使用，而明代白話小說是口語性較強的文獻，其中的數詞單用現象幾乎不見，即使存在也多見於仿古語句或詩句中，故在列表統計中不見數詞單用的情況。而在之後的清代白話小說中仍不見數詞單獨使用表動量的用例，可見明代白話小說中這種情況並非特殊現象，而是量詞系統漸趨成熟完善的標誌，也體現明清時期的動量詞系統開始朝著現代漢語方向發展。

表5-7　明代前中期白話小說動量表示法統計表

文獻名	數・動	動・數	數・量	動・數・量	數・量・動	量詞單用	總計
東遊記	36	0	0	45	0	1	82
南海觀世音菩薩出身修行傳	30	0	2	8	1	0	41
南北宋志傳	51	3	158	254	83	0	549
封神演義	632	0	132	611	171	0	1546
北宋平妖傳	178	4	54	326	60	2	624
總計	927	7	346	1244	315	3	2842
頻率（%）	32.62	0.25	12.17	43.77	11.08	0.11	100
總計	934			1908			2842
頻率（%）	32.87			67.13			100

表5-8 明代前中期白話小說動量表示法統計表（除去「一＋動」後）

文獻名	數·動	動·數	數·量	動·數·量	數·量·動	量詞單用	總計
東遊記	2	0	0	45	0	1	48
南海觀世音菩薩出身修行傳	2	0	2	8	1	0	13
南北宋志傳	5	3	158	254	83	0	503
封神演義	11	0	132	611	171	0	925
北宋平妖傳	4	4	54	326	60	2	450
總計	24	7	346	1244	315	3	1939
頻率（%）	1.24	0.36	17.84	64.16	16.25	0.15	100
總計	31			1908			1939
頻率（%）	1.60			98.40			100

表5-9 明代後期白話小說動量表示法統計表

文獻名	數·動	動·數	數·量	動·數·量	數·量·動	量詞單用	總計
醋葫蘆	82	4	26	95	3	1	211
歡喜冤家	248	1	44	186	1	6	486
鼓掌絕塵	165	1	34	343	0	7	550
國色天香	167	0	35	31	6	0	239
情史	288	11	21	41	7	0	368
石點頭	141	5	20	134	2	5	307
檮杌閒評	159	16	35	226	5	4	445
西湖二集	109	7	61	120	5	2	304
禪真逸史	127	3	47	291	3	0	471
混唐後傳	77	7	5	81	1	0	171
東西晉演義	152	0	5	140	2	0	299
今古奇觀	274	12	78	395	17	10	786
牛郎織女傳	58	0	1	21	0	2	82
三教偶拈	115	7	11	64	16	0	213
飛劍記	77	0	5	34	3	0	119
總計	2239	74	428	2202	71	37	5051
頻率（%）	43.33	1.46	8.47	43.60	1.41	0.73	100
總計	2313			2738			5051
頻率（%）	45.79			54.21			100

表 5-10　明代後期白話小說動量表示法統計表（除去「一＋動」後）

文獻名	數‧動	動‧數	數‧量	動‧數‧量	數‧量‧動	量詞單用	總計
醋葫蘆	2	4	26	95	3	1	131
歡喜冤家	5	1	44	186	1	6	243
鼓掌絕塵	4	1	34	343	0	7	389
國色天香	11	0	35	31	6	0	83
情史	27	11	21	41	7	0	107
石點頭	11	5	20	134	2	5	177
檮杌閒評	9	16	35	226	5	4	295
西湖二集	3	7	61	120	5	2	198
禪真逸史	4	3	47	291	3	0	348
混唐後傳	3	7	5	81	1	0	97
東西晉演義	10	0	5	140	2	0	157
今古奇觀	11	12	78	395	17	10	523
牛郎織女傳	4	0	1	21	0	2	28
三教偶拈	8	7	11	64	16	0	106
飛劍記	8	0	5	34	3	0	50
總計	120	74	428	2202	71	37	2932
頻率（%）	4.09	2.52	14.60	75.10	2.43	1.26	100
總計	194			2738			2932
頻率（%）	6.61			93.39			100

表 5-11　明代白話小說動量表示法統計表

文獻名	數‧動	動‧數	數‧量	動‧數‧量	數‧量‧動	量詞單用	總計
總計	3166	81	774	3446	386	40	7893
頻率（%）	41.14	1.03	9.80	43.62	4.89	0.51	100
總計	3247			4646			7893
頻率（%）	41.14			58.86			100

表 5-12　明代白話小說動量表示法統計表（除去「一＋動」後）

文獻名	數‧動	動‧數	數‧量	動‧數‧量	數‧量‧動	量詞單用	總計
總計	144	81	774	3446	386	40	4871
頻率（%）	2.96	1.66	15.89	70.75	7.92	0.82	100
總計	225			4646			4871
頻率（%）	4.62			95.38			100

第二節　明代量詞的語義、語法特徵

明代量詞系統日漸成熟，量詞也表現出這一時期獨有的特點，我們從量詞的語法特徵和語義特徵兩方面對明代白話小說量詞的特徵進行考察，分析明代白話小說中量詞的特徵及使用特點。

一、明代量詞的語法特徵

明代白話小說中的量詞已趨於成熟與完善，量詞的用法在前代的基礎上不斷完善並向現代漢語過渡，現從詞法特征和句法特徵兩個方面考察明代白話小說中量詞的語法特徵。

（一）詞法特徵

明代白話小說量詞數量結構的詞法特徵與之前的時代相比，主要表現在構形法和構詞法兩方面，對這明代的詞法特徵考察如下。

1. 構形法

漢語量詞的構形法，主要包括「AA」式、「AABB」式和「一AA」式，在明代白話小說中，除了這三種較常見的重疊形式外還有「一A一A」式，這種形式較之前有了較大的發展。此外，動量詞獨有的重疊形式——同形動量詞在明代白話小說中的使用更加靈活，詳述如下。

1.1　名量詞構形法

名量詞的構形法主要有「AA」式、「AABB」式、「一AA」式和「一A一A」式四種。

1.1.1　「AA」式重疊

「AA式」重疊在隋唐五代時期已經發展成熟，〔註3〕到明代白話小說中使用更為廣泛，明代白話小說中可以進入「AA式」的量詞較多，其在句子中充當主語、定語、狀語這幾種成分，在語義上一般表示遍指，如：

作主語：

  （1）首首包含壽意，聯聯映帶長春。《鼓掌絕塵・第五回》

  （2）件件皆來，贏了不歇，輸著便走。《石點頭・第八回》

〔註3〕李建平：《隋唐五代量詞研究》，濟南：山東人民出版社，2016年，第231頁。

作定語：

（3）船中碎板片片而浮，睡的婢僕盡沒於水。《今古奇觀‧第四十卷》

（4）金盤對對插名花，玉碟層層堆異果。《檮杌閒評‧第二回》

作狀語：

（5）官吏之所莫治，實係人人漏網，個個脫鉤。《醋葫蘆‧第十七回》

（6）描鸞刺鳳，件件精通。《鼓掌絕塵‧第二十二回》

值得注意的是，最初個體量詞先發展出「AA」式重疊，而集體量詞用於這種形式不常見，明代白話小說中，集體量詞、制度量詞等的「AA」式也更常見了，如：

（7）雙雙白鶴長鳴，兩兩鴛鴦交頸。《禪真逸史‧第十七回》

（8）行行雁陣，墜長空飛入蘆花。《水滸傳‧第四十三回》

1.1.2 「AABB」式重疊

名量詞的「AABB」式量詞重疊在唐五代開始形成，宋代以後繼承和發展，在明代白話小說中仍不如「AA」式重疊常見，如：

作主語：

（1）婦人自有菩提水，點點滴滴便能滅盛火。《貪欣誤‧第六回》

作定語：

（2）繡幡寶蓋，重重疊疊，不知其數。《醒世恒言‧第三十九卷》

（3）有源如其言，寸寸節節，訪問不已。《包龍圖判百家公案‧第十卷》

作狀語：

（4）吳玠於關上遙望金兵旗幟無數，胡騎重重疊疊圍繞關下。《大宋中興通俗演義‧第三四回》

（5）碧水跳珠，點點滴滴從玉女盤中泄出。《封神演義‧第八十一回》

1.1.3 「一 AA」式重疊

名量詞的「一 AA」式重疊用法在隋唐五代時期出現，[註4]宋代沿用但用於這種形式的量詞仍然有限，元代這一重疊形式得到極大的發展，[註5]到了明代白話小說中這類形式的用法較為穩定，如：

作主語：

（1）銅幡杆鑄就千層，一節節披霜溜雨。《檮杌閒評·第四十四回》

（2）旋將食盒打開，一錠錠在燈下交代明白。《檮杌閒評·第八回》

作定語：

（3）都裝扮著一樁樁、一件件近水的故事，共有七十二般，其實巧妙。《隋煬帝豔史·第三十七回》

（4）中軍官領班旗鼓官、旗牌官、聽用官、藍旗手、捆綁手、刀斧手，一班班、一對對、一層層、一個個，都進帥府。《隋史遺文·第十三回》

作狀語：

（5）定然一家家捱次都到，至十四這日。《今古奇觀·第十五卷》

名量詞的「一 AA」式重疊加詞綴「兒」的用法也存在，如：

（6）萬事皆休，不然把你這一夥毛賊，一個個兒斷送性命！《禪真逸史·第二十三回》

1.1.4 「一 A 一 A」式重疊

名量詞「一 A 一 A」式重疊宋元已見，但不多見，明代進一步發展，較之前更為常見，但仍有局限性，能用於「一 A 一 A」式的名量詞有個、隻、程、節、句、處、層、杯、卷 9 個，且多用作狀語，如：

作主語：

（1）俺每一個一個，只像燒糊了卷子一般，平白出去惹人家笑

〔註4〕 李建平：《隋唐五代量詞研究》，濟南：山東人民出版社，2016 年，第 232 頁。
〔註5〕 崔麗：《元代戲曲量詞研究》，山東師範大學碩士論文，2019 年。

話！《金瓶梅·第四十一回》

作定語：

（2）遇晚先投宿，雞鳴早看天，一程一程，長亭短亭，不覺的就走了二百九十九里。《西遊記·第二十九回》

作狀語：

（3）如今窮凶極惡，種種有憑，事事俱實，漸漸一節一節的來了。《檮杌閒評·第四十八回》

（4）曉得些星辰步位，便用手一個一個指示與蕭后看。《隋煬帝豔史·第二十九回》

（5）仔細聽時，一句一句說到真處來。《二刻拍案驚奇·卷十一》

（6）只得隨著屋脊，一層一層，慢慢的挖將下去。《隋煬帝豔史·第十九回》

（7）只見上面一處一處寫得甚是分明。《隋煬帝豔史·第二十四回》

（8）呂元圭乃放開仙量，將那鸕鷀杓，鸚鵡杯，一杯一杯復一杯，飲得笑盈腮。《飛劍記·第八回》

（9）看他一程一程，將太子哄到寶林寺山門之下，行者現了本身。《西遊記·第三十七回》

（10）一卷一卷重新看過，數來又是十五卷。《今古奇觀·第六十八卷》

明代白話小說中「一A一A」式還可以加詞綴「兒」，如：

（11）老媽媽睡著吃乾臘，內是恁一絲兒一絲兒的，你管他怎的。《金瓶梅·第二十七回》

1.2 動量詞構形法

動量詞構形法的用例相對名量詞較少，但動量詞相較於名量詞有其特殊之處，即同形動量形式，也稱同形動量詞，這種構形法在明代白話小說中有很大發展。

1.2.1 「AA」式重疊

在明代白話小說中，動量詞「AA」式重疊形式進一步發展，除了「步」「聲」「轉」外還有「陣」「番」也都進入了這種形式，多用作狀語，但明代白話小說中計數類動量詞「次」「回」「度」還沒有產生「AA」式用法，如：

作主語：

（1）富翁在後面看去，真是步步生蓮花，不由人不動火。《初刻拍案驚奇‧卷十八》

作定語：

（2）梨花風格自天然，陣陣口脂香遍。《檮杌閒評‧第三十回》

作狀語：

（3）有此夫妻二人，如魚似水，步步不離，好生恩愛。《歡喜冤家‧第十二回》

（4）流水潺潺，洞內聲聲鳴玉佩。《檮杌閒評‧第十八回》

（5）瘟疫氣陣陣飛來，火水扇翩翩亂舉。《封神演義‧第八十回》

（6）你這個猴頭，番番撞禍！《西遊記‧第二十五回》

（7）可不令少年浪蕩子弟，步步回頭！《石點頭‧第六回》

1.2.2 「AABB」式重疊

動量詞的「AABB」不如名量詞的「AABB」式常見，在明代白話小說中動量詞的此種形式只用作狀語，如：

（1）眾蛟黨一齊踴躍，聲聲口口說道：「你不該殺了我家人，定不與你干休！」《警世通言‧第四十卷》

（2）就是老夫人也口口聲聲叫我做兒子，蘆英小姐也叫我做叔叔，你老官人再不要提起前話了。《韓湘子全傳‧第二十六回》

1.2.3 「一AA」式重疊

元代動量詞「步」「聲」「下」「陣」能進入「一AA式」重疊的用法，[註6]

〔註6〕崔麗：《元代戲曲量詞研究》，山東師範大學碩士學位論文，2019年。

在明代動量詞的「一AA」式重疊在元代基礎上保持穩定，動量詞「步」「聲」「陣」「頓」有此重疊用法，如：

作主語：

（1）一陣陣直打那鼻子盡頭處，一直鑽將出來。《醋葫蘆·第五回》

作定語：

（2）心中正疑，鼻子中只聞得一陣陣血腥之氣，甚是來得狠。《二刻拍案驚奇·卷三十三》

作狀語：

（3）獨自個一步步的走到床前。《歡喜冤家·第二回》

（4）一聲聲埋怨我，回頭不早。《韓湘子全傳·第二十六回》

（5）卻是單家莊上手下人捎的，一頓頓鬆了皮條，馬走一步踢一腳。《隋史遺文·第十回》

此外，動量詞的「一AA式」重疊加詞綴「兒」的用法也存在，如：

（6）他便擔在肩背上，一步步兒踏上水面。《英烈傳·第十二回》

1.2.4 「一A一A」式重疊

動量詞「一A一A」式重疊宋元不多見，在明代白話小說中較之前有很大的發展，但能進入這一形式的動量詞仍然不多，有「步」「陣」「下」「轉」四個，且都作狀語，如：

（1）只宜令步軍放炮放箭，緩緩一步一步進谷。《楊家府通俗演義·第七卷》

（2）冰雹子就如卵石一般，一陣一陣的亂打將來。《隋煬帝艷史·第二十回》

（3）那小仙一下一下的，打了三十，天早向午了。《西遊記·第二十五回》

（4）又一棒金鳴，眾女子都將纜繩一轉一轉的繞了回來。《隋煬帝艷史·第二十七回》

1.2.5 「同形動量」形式

劉世儒稱同形動量為「同源動量」，是從動詞借用而來的，只是在同形動量的結構中表示動量，本質仍為動詞。〔註7〕明代白話小說中同形動量獲得了極大發展，明代白話小說中同形動量詞系統已經成為一個開放的系統，用法非常靈活，如：

（1）因此到裏面望一望，不想二娘嗔我，故此著惱。《歡喜冤家・第一回》

（2）便抱了孩子跳上馬，夾一夾，那馬如風似電的向北去了。《檮杌閒評・第五回》

（3）張大哥若是喜他，明日小弟就去尋他到寓所來耍一耍。《鼓掌絕塵・第三十三回》

明代白話小說中同形動量後常帶賓語，如：

（4）說罷，拱一拱手，踱出門去了。《今古奇觀・第四卷》

（5）整一整錦直裰，束一束虎皮裙。《西遊記・第三十一回》

（6）你可為我解一解悶？《歡喜冤家・第五回》

此外，形同動量詞後加詞綴「兒」也常見，如：

（7）便與他偷一偷兒，料也沒人知道。《歡喜冤家・第三回》

（8）與我被中略溫一溫兒。《歡喜冤家・第八回》

（9）我們同向這石崖上坐一坐兒，待相公養一養力再走。《鼓掌絕塵・第一回》

明代白話小說中同形動量詞中的數詞並非只有「一」，如：

（10）提起刀來，便望那婦人臉上撒兩撒。《金瓶梅・第八十七回》

（11）金蓮走去拜了四拜，仰天叫三聲師父。《混唐後傳・第六回》

（12）成珪聽了這一席話，把頭點了幾點。《醋葫蘆・第二回》

同形動量中間加入助詞「了」的現象也較常見，如：

〔註7〕劉世儒：《魏晉南北朝量詞研究》，北京：中華書局，1965年，第271頁。

（13）口角略頓了一頓，這些人竟走進去，坐倒不肯出來。《隋史遺文・第六回》

（14）美娘點了一點頭，打發丫環出房。《今古奇觀・第七卷》

（15）晉王想了一想，道：「有了……又可靜以待我。」《混唐後傳・第七回》

明代白話小說中出現在同形動量中間增加賓語的用法，也很常見，如：

（16）想必自有靈異，且祭他一祭看。《檮杌閑評・第一回》

（17）我假唬你一唬，就如此慌慌張張。《禪真逸史・第六回》

（18）必然還上樓來，待我再等他一等。《歡喜冤家・第十回》

此外，明代白話小說中的同形動量詞多雙音節詞，詳參本文第四章第二節。

2. 構詞法

明代白話小說中量詞的構詞法也獲得了進一步的發展，動量詞的構詞法相對於名量詞來說要少，但明代量詞構詞形式總體較多樣，量詞構詞法體系已較為成熟。

2.1 名量詞構詞法

明代白話小說中名量詞的構詞法主要有「量＋量」式、「名＋量」式複合詞和量詞與詞綴連用這幾種情況。

2.1.1 「量＋量」式複合詞

名量詞連用在漢代時就已經出現，[註8] 隋唐五代時期得到廣泛使用，[註9] 明代白話小說中也出現了名量詞連用複合成詞的情況「斤兩」「銖兩」「尺寸」「分文」等，其用法一直沿用到現代漢語中，如：

（1）投一帖子，必隨斤兩數而得。《情史・卷十九》

（2）一連奔走六日，並無銖兩，一雙空手，羞見芳卿。《警世通言・第三十二卷》

（3）那浙東、浙西誰人敢動得他尺寸之土？《西湖二集・第十七卷》

〔註8〕 李建平：《先秦兩漢量詞研究》，北京：中國社會科學出版社，2017 年，第 219 頁。
〔註9〕 李建平：《隋唐五代量詞研究》，濟南：山東人民出版社，2016 年，第 234 頁。

（4）奈身畔並無分文盤費，怎生是好？《今古奇觀・第四卷》

明代白話小說中名量詞可以複合成詞的有「斤兩」「方寸」「尺寸」「分文」「分兩」「斛斗」「尋丈」「升斗」「貫文」「咫尺」「銖兩」「錙銖」「丈尺」「毫釐」「分毫」「顆粒」「款項」「冊頁」「家口」「杯盞」。

2.1.2　「名＋量」式複合詞

名詞與名量詞連用，有很多已經複合成固定的詞，如「船隻」「米粒」「酒盞」「書本」等，明代白話小說中「名＋量」複合詞使用廣泛，如：

（1）約定十四夜，河下預備船隻，小姐收拾零碎銀兩，與真徑回揚州。《包龍圖判百家公案・第六卷》

（2）只見那人接了酒盞放在桌上，向衣袖取出一對小小的銀扎鈎來。《初刻拍案驚奇・卷八》

（3）竟似乞婆一般，身無掛體衣裳，口無充饑米粒。《貪欣誤・第一回》

（4）發個惱，把這紙張撳做一地，轉思轉苦。《三遂平妖傳・第十一回》

（5）肩上雖挑卻柴擔，手裏兀自擒著書本，朗誦咀嚼。《今古奇觀・第二十卷》

明代白話小說中名詞與名量詞可以複合成詞的有「船隻」「米粒」「紙張」「書本」「銀兩」「布匹」「酒盞」「燈盞」「車輛」「緞匹」「詩篇」「飯碗」「馬匹」「酒杯」「酒壺」「土塊」「石塊」「花朵」「枝條」「詩句」「語句」「官員」「火把」「竹片」「銀包」「錢櫃」「紙袋」「布袋」「封條」「瓦片」「扇面」「書箱」「牲口」「花瓶」。

2.1.3　「量＋名」式複合詞

「名量詞＋名詞」式複合詞連用最早出現於漢代，〔註10〕經過唐宋元的發展，在明代白話小說中使用頻率仍不高，主要有「寸草」「尺幅」「寸土」「片紙」「片言隻語」，如：

（1）倘若不知天命抗拒，破城之日，叫你寸草不留。《檮杌閒評・第三十九卷》

〔註10〕李建平：《先秦兩漢量詞研究》，北京：中國社會科學出版社，2017年，第218頁。

（2）尺幅中，有包舉古今，囊括宇宙之概。《螢窗清玩・第四卷・碧玉蕭》

（3）如今還在這裡，尚不曾取成湯寸土。《封神演義・第七十五回》

（4）那老夫人決然緊緊相陪，終不能通片言隻語。《鼓掌絕塵・第二十六回》

2.1.4　量詞與詞綴連用

「名量詞＋詞綴」的用法在隋唐五代時期已經產生，〔註11〕量詞加詞綴「子」產生於五代，元代戲曲中已有較多量詞加後綴「兒」的形式。〔註12〕關於兒化的「兒」是否為構詞語素，迄今還存在不同的看法，有人把兒化看作音變現象，有人把兒化部分看作是獨立的後綴。何傑《現代漢語量詞研究》（2008）認為量詞與詞綴「子」「兒」連用是量詞的構詞形態，「是從量詞構詞法上表現詞的語法形式」，即以量詞為詞根，在詞根後加詞綴，詞綴只表語法意義或附加意義，「量詞構詞形態發生變化，必然也影響語義發生變化，這種變化主要表現在語法意義和附加意義上」。〔註13〕我們認為其說可從，故將量詞與詞綴連用置於構詞法中討論，但較為特殊，值得注意。明代白話小說中這種複合詞較為多見，作為詞綴與量詞連用的主要是「子」「兒」，如：

量詞＋子：

（1）又見神座前，擺下一大盤蔬菜，一卮子酒。《醒世恒言・第三十七卷》

（2）李勉一肚子氣恨，正沒處說。《今古奇觀・第十六卷》

（3）正在那裏沒個解救，卻好唐牛兒托一盤子洗淨的糟薑，來縣前趕趁。《水滸傳・第二十一回》

量詞＋兒：

（4）月仙驚得面如土色，一堆兒抖倒在地。《歡喜冤家・第三回》

〔註11〕李建平：《隋唐五代量詞研究》，濟南：山東人民出版社，2016年，第236頁。
〔註12〕崔麗：《元代戲曲量詞研究》，山東師範大學碩士學位論文，2019年。
〔註13〕何傑：《現代漢語量詞研究》，北京：北京語言大學出版社，2008年，第64頁。

（5）俺便煮乾這海，叫你一窩兒都是死。《西湖二集・第二十三卷》

（6）一班兒諸將皆跪下告饒。《東西晉演義・第四十七回》

2.2　動量詞構詞法

動量詞的構詞法主要有「量＋量」式複合詞和動量詞與詞綴連用兩種。

2.2.1　「量＋量」式複合詞

動量詞連用在之前較少見，明代白話小說中存在「量＋量」式複合詞，主要有「回合」「周遭」，這種用法一直沿用到現代漢語中，如：

（1）那兩員將官齊奔垓心，尋對廝殺，一來一往，鬥了三五個回合。《檮杌閒評・第二十九回》

（2）未及三四個回合，烏雲仙腰間摯出混元錘就打。《封神演義・第八十二回》

（3）一周遭綠樹遮蔭，四下裏黃花鋪徑。《檮杌閒評・第六回》

（4）淨發人先把一周遭都剃了，卻待剃髭鬚。《水滸傳・第四回》

2.2.2　動量詞與詞綴連用

在明代白話小說中動量詞加詞綴的用法多見起來，作為詞綴與量詞連用的主要是「子」「兒」，如：

量詞＋子：

（1）一會子天明了，有人看見，卻了不得！《初刻拍案驚奇・卷十二》

（2）就相這回子，這裡叫，那裏叫，把兒子癆病都使出來了，也沒些氣力使。《金瓶梅・第二十五回》

（3）隨他擺弄一回子就是了。《金瓶梅・第三十二回》

（4）手下人見退之發怒，便一下子把王小二拿將過來，撇在地上。《韓湘子全傳・第十六回》

量詞＋兒：

（5）今日便屈抑這一遭兒，有何妨害？《韓湘子全傳・第十二回》

（6）管你一下兒也不敢打，老孫俱已幹辦停當。《西遊記‧第九十七回》

（7）我的姐姐，說一聲兒就勾了，怎敢起動你！《金瓶梅‧第八十九回》

（8）若遲一步兒，這時也不知怎地了！《今古奇觀‧第一卷》

（二）句法特徵

單個量詞充當句法成分的能力有限，量詞需要和數詞組成數量結構以便有更好地充當句子成分的能力，現從量詞的組合能力和量詞短語的句法功能兩方面對明代白話小說中量詞的句法特徵進行考察。

1. 量詞的組合能力

量詞的組合能力是量詞與數詞、代詞、形容詞、方位詞等結合使用的能力，同樣從名量詞和動量詞的兩個角度考察。

1.1 名量詞的組合能力

明代白話小說中的名量詞和數量結構可以與數詞、代詞、形容詞、方位詞等結合使用，並且明代白話小說中還有較多量詞連用的情況，詳述如下。

1.1.1 名量詞與數詞組合使用

名量詞與數詞組合構成數量結構修飾名詞十分常見，如：

與基數詞組合：

（1）竟於臥房壁上畫了一枝梅花去了。《歡喜冤家‧第二十四回》

（2）這峰巒險峻，請二位老師先行，待我緩緩隨後。《鼓掌絕塵‧第一回》

與序數詞組合：

（3）第一名積賭姓都名盧，插號叫做都酒鬼，第二個叫做朱拐子。《禪真逸史‧第八回》

（4）那第一位真君道：「你是辰申生人，係第五位北斗丹元廉真岡星君所管。」《貪欣誤‧第五回》

（5）複審士明曰：「汝戶第幾等？」《皇名諸司公案‧卷一》

與概數詞組合：

明代白話小說中數詞和量詞間常插入「來、餘、多、許、數」這幾個概數詞，它們組合在一起共同表示約量，如：

（6）呂大屈指頭說出十數個，知縣一一提筆記了。《初刻拍案驚奇‧卷十一》

（7）以前的水手下去時，只二十來丈索子便鈴響。《三隧平妖傳‧第二十五回》

（8）少刻，就搜出二十多盆火來，擺在殿上兩旁。《檮杌閑評‧第二十一回》

（9）把這一干韃子殺退，殺得首級二十餘顆。《遼海丹忠錄‧第二十九回》

有時還省略數詞，直接用概數詞與量詞搭配，如：

（10）花本高有丈許，最低亦有六七尺，其花大如丹盤。《醒世恒言‧第四卷》

（11）張屠至午後恰回來，被勝走近前一把抓住，押來見包公，隨即搜出金銀首飾數件。《包龍圖判百家公案‧第二卷》

（12）有友人許億患牙痛，因請思遠來醫，欲遠以虎鬚數條置牙間。《東遊記‧第二十五回》

1.1.2　名量詞與代詞組合

明代白話小說中名量詞可以與代詞組合，主要與疑問代詞和指示代詞組合。

與疑問代詞組合：

量詞與疑問代詞「幾」組合使用，表詢問，但明代白話小說中多表不確定的數量，如：

（1）你當先擔得幾桶水，便在外邊做身做分。《今古奇觀‧第二卷》

（2）來至松樹前取下牛皮，念幾句真言，手畫二道天符。《牛郎織女傳‧第九回》

量詞與疑問代詞「哪」組合使用，字亦可作「那」，表示不確定的數量或詢

問，如：

（3）哄了一屋的人，也不知哪個說的是。《三刻拍案驚奇·第二十六回》

（4）多謝老公公美意。但不知是那個頭兒？《檮杌閒評·第八回》

量詞與疑問代詞「何」組合使用，多表詢問，如：

（5）此人現在何處？《檮杌閒評·第十二回》

（6）不知後來又引出何種事來，且聽下回分解。《隋煬帝豔史·第三十二回》

與指示代詞組合：

名量詞常與指示代詞「這」「那」「此」「每」組合使用，最初這種用法多限於量詞「個」，明代白話小說中多數量詞都有這種用法，如：

（1）蕚兒這首詩，足稱老健，不落尋常套中，大似法家的格局。《鼓掌絕塵·第二回》

（2）自妖媚去後，那朵牡丹花即枯死矣。《包龍圖判百家公案·第六卷》

（3）此位乃大令兄，諱裏的便是。《今古奇觀·第十三卷》

此外，數量短語與指示代詞組合在這一時期也較為常見，如：

（4）虧我說這一場謊夢，竟自信了。《歡喜冤家·第五回》

（5）每一個道士給度牒一張。《檮杌閒評·第二十九回》

（6）師父正為此一段緣故，特來救取。《西湖二集·第七卷》

1.1.3　名量詞與形容詞組合

明代白話小說中與數量結構組合的形容詞一般是「大」「小」，組合後表示稱量對象的大小、多少；此外，與「別」組合也常見，表示其他的、另外的，如：

（1）但見一大塊物遺棄地下，項忠近前一看，卻是一大塊肉乾。《西湖二集·第十八卷》

（2）底下又一小封，拆開看時，俱是李永芳的機密事。《檮杌閒評·第二十三回》

（3）若有別樁希奇故事，異樣話文，再講回出來。《醒世恒言‧第三十五卷》

1.1.4　名量詞與方位詞組合

明代白話小說中的還有數量短語與方位詞「上」「前」等方位詞進行組合的用法，如：

（1）劉氏引呂大到監門前見了王生，把上項事情盡說了。《初刻拍案驚奇‧卷十一》

（2）歇定，便把這上件事一一細說一遍。《初刻拍案驚奇‧卷二十一》

（3）許宣把前項事情從頭說了一遍。《今古奇觀‧第六卷》

1.1.5　名量詞的連用

明代白話小說中存在較多量詞連用現象，關於量詞連用的具體研究詳參第六章第二節，此處僅略舉數例。明代白話小說中量詞連用多為兩個量詞連用，如：

（1）撫州府通判鄒琥，傅南喬，統部下官軍三千餘員名。《三教偶拈‧皇明大儒王陽明先生出身靖亂錄》

（2）招撫畏服投首一百九十三位名。《三教偶拈‧皇明大儒王陽明先生出身靖亂錄》

（3）俘獲賊屬男婦，二百三十八名口。《三教偶拈‧皇明大儒王陽明先生出身靖亂錄》

（4）有能擒斬強壯韃賊一名顆者，賞銀五十兩，不願賞者升一級。《遼海丹忠錄‧第三十九回》

（5）岳飛母魏國夫人姚氏身亡，已降指揮於格外特賜銀絹一千兩疋，布米五百疋石，命戶部支給差人送去。《大宋中興通俗演義‧第四三回》

此外，還有三個量詞連用，如：

（6）奪回被脅被擄官民人等，三百八十四員名口。《三教偶拈‧皇明大儒王陽明先生出身靖亂錄》

1.2　動量詞的組合能力

明代白話小說中的動量詞可以與數詞、代詞、形容詞、方位詞等組合使用，詳述如下。

1.2.1　動量詞與數詞組合使用

動量詞與數詞構成數量結構修飾動詞，這是動量詞組合中最主要的用法，如：

與基數詞組合：

（1）你青年美貌，和他相好一次，油何消還？《杜騙新書・第十八類・婦人騙》

（2）那管三番拷，四番審，視人命如草芥。《包龍圖判百家公案・第十卷》

與序數詞組合：

（3）第一次怎的試他？《飛劍記・第二回》

（4）那魯學曾第二遍來，可是你引進的？《今古奇觀・第三卷》

與概數詞組合：

明代白話小說中動量詞也有和概數詞組合使用，表示約量，主要有「來、餘、多、數」4 個概數詞，如：

（5）某自領兵去衝數十餘次，死戰方得出路。《東西晉演義・第三二八回》

（6）然後念經，一氣念了二十來遍。《初刻拍案驚奇・卷六》

（7）資質極鈍，念了一百多遍，還記不清。《天湊巧・第二回》

（8）行數步，又復聞其聲，至於終日相隨耳畔不歇。《包龍圖判百家公案・第四卷》

1.2.2　動量詞與代詞組合

明代白話小說中，動量詞可以與疑問代詞和指示代詞組合，但動量詞與代詞組合不如名量詞與代詞組合靈活。

與疑問代詞組合：

動量詞主要與疑問代詞「幾」組合，也有少數與疑問代詞「那（哪）」組合使用的，可以表詢問，明代白話小說中還沒有發展出和疑問代詞「何」組

合使用的情況，如：

（1）沒有贓物，已是拳頭腳尖，私下先打過幾頓。《今古奇觀·七十七卷》

（2）又見奴酋親信如李永芳，屢次幾遭殺害。《遼海丹忠錄·第十九回》

（3）娘每不知，爹的好朋友大小酒席兒，那遭少了他兩個？《金瓶梅·第六十二回》

與指示代詞組合使用：

量詞常與指示代詞「這」「那」「此」「每」組合使用，在句中可以做主語、狀語、定語等多種成分，明代白話小說中很多動量詞都有這種用法，如：

（4）既肯悔過，饒你這遭。《杜騙新書·第十八類·婦人騙》

（5）自從那次，這二年常來傷害。《西遊記·第六十七回》

（6）此回不滅東晉，不敢生還。《東西晉演義·第二五六回》

（7）那裏像得我意！每頓十來碗也胡亂度得過了。《醒世恒言·第二十八卷》

此外，還有數量短語與指示代詞組合，如：

（8）那一次來，大大再整個東道請你！《醒世恒言·第三十五卷》

（9）無故只是睡那一回兒，還教他另睡去。《金瓶梅·第七十五回》

1.2.3　動量詞與形容詞組合

明代白話小說中能與動量詞數量結構組合的形容詞只有「大」，且只有短時動量詞才可與之組合，如：

（1）原來房德被老婆留住，又坐了老大一大回，方起身打點出衙。《今古奇觀·第四十卷》

（2）只坐了沒多大回，聽了一摺戲文，就起來？《金瓶梅·第一回》

1.2.4　動量詞與方位詞組合

明代白話小說中的動量詞能與「下」「前」「頭」等方位詞進行組合，如：

（1）進忠道:「收著，下次再算。」《檮杌閒評・第六回》

（2）前番不著，這番著了。《今古奇觀・第三十三卷》

還有數量短語與方位詞組合，如:

（3）今晚到李瓊瓊家去，頭一次雲雨可讓我先。《咒棗記・第九回》

2. 量詞短語的句法功能

明代白話小說中量詞單獨做句法成分的功能依然不常見，一般要組成數量結構，在句子中充當各種成分，明代量詞系統逐漸成熟、完善，其數量結構作各種語法成分的用法都較完善且常見。

2.1 名量詞的句法功能

明代白話小說中名量詞多與數詞組合，主要可以在句子中充當主語、賓語、定語、狀語、補語、同位語這幾種成分。

2.1.1 作主語

明代白話小說中數詞、名量詞組合充當主語的現象較為常見，如:

（1）一個叫「毆辱生員」，一個道「盜財殺命」。《醋葫蘆・第十九回》

（2）二位在此，卻不曾打點得些什麼好酒肴，老朽甚不過意。《鼓掌絕塵・第三回》

（3）兩個不敢高聲，商商量量，在土穴中藏身。《禪真逸史・第十七回》

2.1.2 作賓語

數詞與名量詞組合在明代白話小說中充當賓語的情況也多見，如:

（1）況兼酒落歡腸，舉起大觥一連吃了一二十觥。《醋葫蘆・第二回》

（2）宋仁把那一桶水與他傾在缸內，一時間竟與他打滿一缸。《歡喜冤家・第十五回》

（3）花氏吟一句，悲哭一句，直至天色微明。《西湖二集・第二十二卷》

2.1.3　作定語

量詞單獨作定語修飾名詞，可以看作是數詞「一」的省略，如：

（1）我吳公佐也是條漢子，暫時落魄。《石點頭·第六回》

（2）只因洪武爺原是位聖人，所以諸佛菩薩、聖僧、神仙，都來擁護他。《西湖二集·第二十五卷》

（3）保童見群鴿飛回遼營，急統兵百萬。《混唐後傳·第三回》

數量短語充當定語的情況在明代白話小說中十分普遍，如：

（4）預先辦下豬尿泡一個，空節竹竿一枝。《歡喜冤家·第二十四回》

（5）欣欣然駕著一朵祥雲。《牛郎織女傳·第一回》

（6）扶去另在一間內書房睡著。《今古奇觀·第三十九回》

明代白話小說數量短語也可以連用作定語，如：

（7）潛地奔逃，我這一班一輩的人，為你不知受過多少限責。《禪真逸史·第十一回》

（8）我守節三年，並沒一絲半線差池。《石點頭·第四回》

（9）酒至數巡，楊員外袖中取出五兩一錠雪花銀子，送與公差。《鼓掌絕塵·第三十二回》

（10）一夥十來個人同了王吉挨出挨入，高呼大叫，怎當得人多得緊了。《二刻拍案驚奇·卷五》

在明代白話小說中，「數＋量＋名」結構也可以修飾名詞，如：

（11）不多時，媒人領了十多人來，行下了三十貫錢聘禮。《石點頭·第十回》

（12）賈涉便教家童與王小四講就四十兩銀子身價。《喻世明言·第二十二卷》

（13）一般篩鑼擊鼓，揚旗放炮，都是鬼弄，那曾看見半個韃子的影兒？《今古奇觀·第四十九卷》

2.1.4　作狀語

明代白話小說中數詞加名量詞直接做狀語的少見，但卻有名量詞的數量短語在句子中作狀語，如：

（1）兩碗飯間，馬觀察肚裏藥過了，蘇醒起來。《喻世明言‧第三十六卷》

（2）巴不得轎夫一口氣抬到縣前，縣官立刻送到家內。《醉醒石‧第四回》

（3）不提防被鄆崇禹一壺酒劈面打來，正打侯虎臉上。《封神演義‧第十回》

（4）沈俊郎把一個杯兒劈面打去，那杯兒破了，卻把劉嬌郎的面皮割破，鮮血長流。《咒棗記‧第九回》

2.1.5 作補語

數詞與名量詞組合在明代白話小說中充當補語的情況也常見，如：

（1）時揚州太守進黃鵠雛五隻，頸長一丈，其鳴聲十里外聞之。《東西晉演義‧第二○四回》

（2）不知原是銀子的原分量，不曾多了一些。《初刻拍案驚奇‧卷十八》

（3）教一百人皆列坐，先將銀碗斟酒，自吃兩碗。《三國演義‧第六十八回》

此外，數量結構還可以在明代白話小說中充當補語，如：

（4）滿身冷汗，心頭還跳一個不止。《石點頭‧第十三回》

2.1.6 作同位語

數量結構在明代白話小說中作同位語的情況也可見，如：

（1）吳媽媽，甚麼要緊，連我們幾個面上都不好看。《鼓掌絕塵‧第二十五回》

（2）所以一家三口都聽了先入之言，恨他入骨。《今古奇觀‧第五十二卷》

2.2 動量詞的句法功能

明代白話小說中動量詞與數詞組合，可以在句子中充當賓語、定語、狀語、補語這幾種成分。

2.2.1 作賓語

數詞和動量詞組合在句子中作賓語的情況在明代白話小說中較多，如：

（1）況兼七十歲，人生能有幾次，若不慶賀，何以少展卑下孝順之心？《醒世恒言・第三十八卷》

（2）好快活！好自在！今日也受用這一下了！《西遊記・第九十四回》

（3）方才後門關好，必是他復身轉來關了，使人不疑，所以又到堂前敷衍這一回。《二刻拍案驚奇・卷二十五》

2.2.2　作定語

動量詞數量短語充當定語的情況在明代白話小說中可見，如：

（1）我們一覺好睡，從不曾見個甚的，怎麼有如此怪異？《初刻拍案驚奇・卷三十六》

（2）天地茫茫一局棋，輸贏黑白聽人移。《石點頭・第六回》

（3）你這個小小的道童兒，不夠他一餐飽，如何去得？《韓湘子全傳・第六回》

2.2.3　作狀語

明代白話小說中動量詞與數詞組合作狀語非常常見，如：

（1）又有一個官被蜈蚣一口咬住，反咬出一個侍郎來。《西湖二集・第四卷》

（2）先是一掌打去，把縣君打個滿天星，縣君啼哭起來。《今古奇觀・第三十八卷》

（3）但聞水氣，大怒，一下打碎了壇，罵道：「這夥禿驢分明弄我。」《三教偶拈・濟顛羅漢淨慈寺顯聖記》

值得注意的是，明代白話小說中還有動量詞的數量短語作狀語的情況，如：

（4）拿到興教門，也照盧楚例，一頓刀斧砍做肉餅。《隋史遺文・第五十一回》

（5）忽見壁門裏小鍾鑽將出來，將我摟住，被我變起臉來，一頓搶白，抵死不從。《禪真逸史・第七回》

明代白話小說中「數＋量」也可以連用作狀語，如：

（6）我侄兒韓湘子三番五次勸我出家，我也不情願跟他。《韓

湘子全傳・第二十回》

（7）只怕立志不堅，難成正果，汝可一路上變化多般，試他三番四轉。《韓湘子全傳・第六回》

此外，還有「指示代詞＋量詞」連用作狀語，如：

（8）他因為前番那次做來不順利，所以再不敢走動。《鼓掌絕塵・第七回》

2.2.4　作補語

數詞與動量詞組合充當補語在明代白話小說中非常常見，如：

（1）康公子又乘機輕輕嗽了一聲。《鼓掌絕塵・第二回》

（2）今夜盛排筵宴，準擬尋芳一遍。《西湖二集・第三卷》

（3）捕衙即刻升堂，見面將每人打了二十板。《檮杌閑評・第四回》

（4）仰面跌翻於地上，又復臉上踏了一腳。《禪真逸史・第三十一回》

二、明代量詞的語義特徵

量詞在使用過程中表現出的語義方面的特點即量詞的語義特徵，具體體現在名詞和量詞的雙向選擇關係上。目前學術界也較為關注對量詞語義特徵的研究，其中最具代表性的是邵敬敏先生關於量詞語義特徵的研究，我們借鑒邵敬敏《漢語語法的立體研究》〔註 14〕中動態研究方法和量詞與名詞的語義雙向選擇的相關理論並結合明代白話小說中量詞的實際使用情況對明代白話小說中量詞的語義特徵進行分析。

（一）名量詞的語義特徵

對明代白話小說中名量詞的語義特徵，我們從穩定性與靈活性、準確性與模糊性、具體性與抽象性、雙向選擇性這四個方面進行分析。

1. 穩定性與靈活性

量詞語義方面的穩定性是指大多數量詞有專門的指稱對象，一個量詞所

〔註14〕邵敬敏：《漢語語法的立體研究》，北京：商務印書館，2000 年，第 39 頁。

能限定的事物基本固定，量詞系統在發展過程中，每個量詞所限定的具體對象會隨其使用頻率的增加而固定；另一方面，稱量同一事物的量詞也逐漸據使用頻率分化為常用和不常用，最終某些不常用的會被淘汰或用來稱量其他事物。例如，早在魏晉南北朝時稱量佛像的量詞有「尊」「軀」「區」等，發展到明代，量詞「尊」稱量對象逐漸固定，「尊」便成為稱量佛像類的專用量詞，量詞「軀」在明代白話小說中則不再用於稱量佛像，而可以稱量普通的人，如《警世通言》卷三十一：「你堂堂一軀男子漢，不指望你養老婆，難道一身一口，再沒個道路尋飯吃？」

量詞雖然在稱量對象和語義表達上逐漸穩定、明確，但在具體使用中可以根據上下文語境靈活表達，這一點在明代白話小說中表現地較為突出，如《歡喜冤家》第十八回：「四百名卷子，取得三十六卷。將三十六卷，又加意細看。」又，第十七回：「有了幾兩家事，便是花子養的兒子。」其中，「四百名卷子」中「名」並非稱量卷子，而是四百名考生的卷子，「幾兩家事」中「兩」並非稱量家事，而是指幾兩錢的家事，「名」「兩」稱量的對象範圍穩定，但可以據具體語義靈活使用，不會造成歧義，正是量詞稱量對象和意義方面的穩定才使得量詞使用時具有較大的靈活性。

明代小說中的量詞一方面展現出其表義的穩定性，不同的量詞稱量不同的對象，如：《大宋中興通俗演義》第四三回：「岳飛母魏國夫人姚氏身亡，已降指揮於格外特賜銀絹一千兩疋，布米五百疋石，命戶部支給差人送去。」其中，第一小句中「兩」「疋」分別稱量「銀」「絹」，第二小句中「疋」「石」分別稱量「布」「米」，可見其用法之規範、穩定；另一方面，又表現出很大的靈活性，如《三教偶拈‧皇明大儒王陽明先生出身靖亂錄》：「牛馬驢一百八隻。」用量詞「隻」稱量「牛、馬、驢」三種不同的動物，使用非常靈活。

由此可見，隨著量詞系統的發展，量詞語法化程度日益提高，源詞語義變弱導致量詞語義逐漸泛化，明代量詞語義泛化更突出，量詞適用範圍更廣，而量詞適用範圍的擴展又受到量詞系統內部制約，一個量詞隨著語義泛化會涉及到其他量詞的領域，二者之間就會產生競爭，這又限制量詞適用範圍的進一步拓展，使得量詞稱量的對象相對明確、穩定，所以，明代白話小說中的量詞穩定性與靈活性特點非常鮮明。

2. 準確性與模糊性

名量詞語義的準確性表現在量詞所表數目是確定的，所指對象是明確的。故在上下文語境缺失或省略的情況下，仍能清晰表意。量詞語義的準確性表現在三個方面：一是量詞中包含數詞概念，表示確切的量，如明代白話小說中常見的表示雙數的集體量詞「雙」「對」等，表示具體數目「二」；二是表示具體量制的制度量詞如「寸」「尺」「丈」等，有具體的概念和換算標準，表意明確；三是由於量詞表義的穩定性，一些量詞發展到明代只用來指稱特定的對象，故省略量詞所稱量的對象仍能準確表義，如《檮杌閒評》第十四回：「也該拿出幾兩來，我們幾個發個利市。」其中的「幾兩」即為「幾兩錢」。

名量詞語義的模糊性與準確性恰恰相反，主要表現在兩個方面：一是稱量對象的模糊性，多數量詞稱量的範圍固定但範圍內的對象卻是多樣的，故通過單獨的量詞往往不能確定其所稱量的對象，如「條」稱量條形的事物，但具體對象可以是毛髮、細長的食物、蛇等動物，在明代白話小說中還可以稱量「好漢」，如《西遊記》第三十回：「自那山坡前轉出，果然是一條好漢。」二是計數數量的模糊性，量詞主要是用來計量的，但在計數中也表現出模糊性，如「點」「把」「些」「坏」等量詞在明代白話小說中都常見，用這些量詞計量時都只表約量，如「兩坏土」等。

3. 具體性與抽象性

量詞語義的具體性是指有些量詞所指稱的對象是具體的、有形的，量詞和稱量對象有具體的聯繫，這一點在前文所引各例句中體現得非常明顯，不再贅述；量詞語義的抽象性則指所稱量的對象是抽象的、無形的，量詞與所稱量的對象沒有具體聯繫。量詞在發展的過程中所稱量的對象會逐漸由具體變為抽象，在這個過程中量詞的語義也會逐漸虛化，這很大程度上是由人的思維方式決定的，「思維上更善於從總體上模糊而直接地把握客觀對象的本質及規律，而不是在分析論證下嚴密地推演事物。人們根據自己對事物的感性認識來劃分事物，而感性主要來源於個體量詞的形象性特徵」。〔註15〕

明代白話小說中量詞語義具體性沿襲前代，較為穩定，而語義的抽象性進一步發展，體現在兩個方面：一是稱量對象的抽象性，量詞「片」明代白話小

〔註15〕張永昱：《認知語言學視域下的漢語研究和習得》，上海：復旦大學出版社，2016 年，第 144 頁。

說中可以用來稱量具體的事物，如「剛打一片梧桐葉來」(《醋葫蘆·第四回》)、「拈一片瓦」(《情史·卷九》)，也可以用來稱量抽象的事物，如「豈不知是一片好意」(《石點頭·第二回》)、「遂成一片佳話」(《情史·卷一》)；二是量詞的形象性，量詞「碗」作借用量詞稱量「酒水」「飯食」等表達具體意義，這也是歷代量詞「碗」的常用義，而明代白話小說中「碗」常用來稱量「燈」，如「一碗琉璃燈火」(《三隧平妖傳·第十二回》)、「房裏也不點碗燈」(《水滸傳·第五回》)，兩者無具體聯繫，只是於量詞「碗」的形象性特徵而產生稱量「燈」的具體用法。

4. 雙向選擇性

「名詞與量詞組合時，名詞總是處於主導的制約地位，它的存在決定了對量詞的選擇。反之，量詞也對名詞起到反制約作用。」〔註16〕因此，同一個事物可以選擇不同的量詞來表示，同一個量詞也可稱量不同的名詞，這就是量詞語義的雙向選擇。但這是基於量詞語義穩定性的基礎上進行的，相互選擇的雙方應屬於同一範圍但有不同的側重。

4.1　觀察角度不同

從不同角度觀察同一個事物就會導致對同一事物的描寫有不同的側重，因此會選用不同的量詞進行稱量。明代白話小說中，「支」和「管」都可以稱量「筆」，「支」側重的是筆的細長、條狀這一整體的外形特徵，如《隋煬帝豔史》第二十六回：「那支筆就如龍蛇一般，在紙上風行雲動，毫不停輟。」而「管」則從筆桿是圓管形這一局部特徵出發，如《鼓掌絕塵》第二十一回：「那安童只得去取了一管筆，研了一硯墨，雙手遞上。」

4.2　附加特徵不同

一些量詞的主要語義特徵相同，但附加的語義特徵有所差異，使得量詞在使用時有所差異。如「條」「根」「線」主要用於稱量線狀事物，在明代白話小說中「條」主要用於稱量較長、較軟的事物，如「就伸手袖中解出一條汗巾來」(《初刻拍案驚奇·卷四十》)，「根」用於稱量較小或較硬的事物，如「看你這幾根老骨頭」(《鼓掌絕塵·第三十四回》)，「線」較前兩者相比更細，故多用於稱量抽象的事物，如「若有一線生路」(《隋煬帝豔史·第二十五回》)。

〔註16〕邵敬敏：《漢語語法的立體研究》，北京：商務印書館，2000 年，第 39 頁。

4.3 適用對象的差異

名詞與量詞的雙向選擇還體現在適用對象的差異上。如「片」和「張」都是稱量片狀事物的量詞，在明代白話小說中「片」多用於稱量雲彩、樹葉等自然事物，如「忽見東方一片紫雲」(《喻世明言・第十三卷》)，而「張」多用於稱量紙張等人造片狀物，如「寫了一張訴狀放在身邊」(《歡喜冤家・第三回》)；又如，明代白話小說中同為塊狀量詞的「塊」「臠」，前者既可以稱量「肉」又可以稱量「石頭」等塊狀物，而後者只能稱量「肉」，「塊」稱量的對象範圍遠遠大於「臠」，這都體現了稱量對象上的差異。

4.4 語體色彩的差異

稱量「人」可以使用的對象有多種，如「個」「介」「員」「位」「名」等。明代白話小說中「個」較為中性，「員」「位」稱量人往往有褒義色彩，「介」「名」稱量的人往往具有中性或貶義色彩，且「介」多用於口語，「名」多用於書面語。此外，「員」與「名」往往有細微的等級差異，如《三教偶拈・皇明大儒王陽明先生出身靖亂錄》：「吉安府推官王暐統部下官軍兵快一千餘員名，夾攻順化門。」其中稱量「官」用「員」，稱量「軍兵」用「名」。

（二）動量詞的語義特徵

動量詞是表示動作行為數量的詞，一般具有計事、計時兩方面語義特徵，「動作的次數，一方面和『量』的觀念有關，一方面也和『時』的觀念有關」〔註17〕。動量詞在選擇與之搭配的動詞時同樣展現出動量詞的語義特徵，我們從動量詞穩定性與靈活性、表意複雜性和雙向選擇性這三個方面對明代白話小說中動量詞的語義特徵進行分析。

1. 穩定性與靈活性

動量詞語義的穩定性同樣體現在大多數動量詞有專門的指稱對象，動量詞所能限定的事物基本固定，另一方面，動量詞同樣可以在具體使用中據上下文語境靈活變換。

明代白話小說中通用動量詞「度」「回」「次」專門用於表示動作行為的次數，明代白話小說中整體動量詞「遍」「局」「頓」「合」則表示從頭至尾經歷了一次完整的事件，持續動量詞「番」「通」「陣」「覺」則表示經歷較長的時間完

〔註17〕呂叔湘：《中國文法要略》，北京：商務印書館，1982 年，第 232 頁。

成的一件事，這些動量詞的語義特徵都比較單一、穩定。

　　而明代白話小說中量詞表意的靈活性主要體現在借用動量詞的使用上。量詞系統發展到明代已逐漸成熟穩定，借用名量詞系統逐漸成為一個開放的系統，借用動量詞也是如此，名詞常放在動量結構中臨時借用作動量詞，一方面計數稱量動作，另一方面也表示與動作相關的一系列屬性。如「當下拖翻打了十竹篦」（《初刻拍案驚奇·卷十七》）、「把貓盡力打了一扇把子」（《金瓶梅·第五十一回》）、「咱捉空兒照腦袋打上他一掛箱」（《型世言·第二十二卷》），這些都用來稱量「打」的次數，但又突出了動作「打」所用的不同工具，在使用借用動量詞時可以根據具體語境中不同的需求借用不同的表工具的名詞作動量詞。此外，同形動量詞的形式也表現出很大的靈活性，大量雙音節詞可進入這一形式，如「煩你指引一指引」（《韓湘子全傳·第七回》）、「與母親風光一風光」（《隋史遺文·第三十六回》）、「是必求兩位大娘同來光輝一光輝」（《初刻拍案驚奇·卷十六》），能進入同形動量結構的動詞較之前靈活很多。

2. 表意的複雜性

　　大多數動量詞語義有很強的穩定性，表意基本固定，但是隨著量詞系統的發展，動量詞計時和計事兩方面語義特徵據不同語境會有所偏重，有時則兼具，也會有所變化，如動量詞「下」產生之初為伴隨動量詞，表伴隨動作而產生的結果，而在明代白話小說中已經成為典型的短時動量詞，如「把一個人的衣服扯了一下」（《禪真逸史·第九回》）。又如明代白話小說中持續動量詞有「番」「通」「陣」「覺」，其中「番」「通」都表示花一段時間做某事，如「訴說一番」（《禪真逸史·第九回》）、「怨悵一通」（《西湖二集·第十六卷》），「陣」可表長時或短時，如「連贏他二三陣」（《封神演義·第三回》），「覺」特指睡一覺的時間，如「定要睡一覺」（《今古奇觀·第四十九卷》），這些動量詞都有較強的時間性，強調動作持續一段時間，偏重於計時。短時動量詞則一般兼有計時（時量短）和計事（動量少）兩方面的語義特徵，如「一上打了三十毛板」（《醒世恒言·卷十六》）；而借自工具的動量詞也有短時意味但主要側重於計事，如「就賞他一鞭」（《咒棗記·第九回》）。這些動量詞間細微的差別體現出動量詞表意的複雜性。

　　明代白話小說中的空間動量詞有「遭」「巡」「場」「轉」，都強調空間性，表在一定空間內發生的動作次數。動量詞「遭」帶有周遍性，側重於某個空間

內動作的次數，如「其銀也做幾遭搬了過去」（《今古奇觀‧第九卷》）；「巡」一般用來稱量斟茶、斟酒的次數，明代白話小說中多用來稱量斟酒的次數，如「羊振玉斟了一巡酒」（《一片情‧第四回》）；「場」表示某個空間內發生的動作次數，也含時間長義，如「兩人大笑一場」（《醋葫蘆‧第二回》）；「轉」由迴旋義語法化為動量詞，稱量動詞多有環繞義，如「乘著風盤旋數轉」（《禪真逸史‧第三十九回》）。這四個動量詞計事的語義特徵更明確，同時具計事、計時、空間性的語義特徵。

3. 雙向選擇性

名量詞與名詞之間存在雙向選擇，動量詞和動詞間同樣存在雙向選擇，同一個動作可以用不同的量詞來表示，同一個量詞，也可以稱量不同的動作，與不同動詞組合，這便是動量詞語義的雙向選擇。這是基於量詞語義穩定性的基礎上進行的，相互選擇的雙方應屬於同一範圍但有不同的側重。

明代白話小說中動量詞「番」可以稱量「審問」「打鬥」「說話」「巡視」等動作，如「竟把兩家的女眷拿來審問一番」（《檮杌閑評‧第二十回》）、「近前與妖相鬥一番」（《包龍圖判百家公案‧第六卷》）、「又且張家只來口說得一番」（《初刻拍案驚奇‧卷二十九》）、「先往巡視一番」（《東遊記‧第三十八回》）。又，動量詞「巡」，可以稱量「行酒」「斟茶」等，如「行酒三巡」（《東西晉演義‧第一一六回》）、「管家婆獻過了一巡茶」（《隋史遺文‧第十四回》）等。

明代白話小說中可以稱量動詞「問」的動量詞有「番」「遍」「聲」「下」「過」五個，如「兄再往周家看問一番」（《包龍圖判百家公案‧第七卷》）、「仔細詢問一遍」（《鼓掌絕塵‧第二十九回》）、「借問一聲」（《檮杌閑評‧第六回》）「何不向他探問一下」（《古本水滸傳‧第十回》）、「又加盤問一過」（《古本水滸傳‧第十三回》）。

第六章　明代新興量詞及量詞連用現象研究

　　每一歷史時期的新興量詞與量詞的溯源工作密切相關，具有重要學術價值和研究意義，本章考察出明代新興量詞 36 個，其中 25 個新興量詞和 9 個量詞的新興用法可以修正辭書釋義。量詞連用作為漢語量詞使用的特殊現象，在明代量詞系統中較為常見，但目前學界對這一現象關注甚少，本章在共時描寫的基礎上進行歷時比較，系統考察這一現象，發現其萌芽於漢代，初唐至五代迅速發展，到明代逐漸成熟，明清以後逐漸衰弱。

第一節　明代新興量詞的辭書學價值 [註1]

　　作為漢語重要特點的量詞系統，到明代趨於完善。明代量詞數量繁多，用法靈活多變，具有其獨特的時代特色。明代白話小說中共有專用量詞 323 個，其中新興量詞 36 個，有 25 個新興量詞和 9 個量詞的新興用法改寫了辭書已有結論、7 個量詞可以增補辭書義項、10 個量詞可以訂補辭書釋義、16 個量詞可以提前辭書初始例、1 個量詞可以補闕辭書書證；而且部分量詞可以從多方面為辭書的編纂和修訂提供資料。

〔註1〕　閆瀟，李建平：《明代白話小說新興量詞的辭書學價值》，《寧夏大學學報》2019 年第 6 期。

量詞從殷商甲骨文時代萌芽，經過漫長地發展於明清時期最終成熟完善，這期間量詞系統日趨穩定但系統中的量詞不斷更迭。每一歷史時期的新興量詞與量詞的溯源工作密切相關，具有重要學術價值和研究意義，故釐清每個新興量詞的來龍去脈是量詞史研究中必不可少的工作。我們通過對明代白話小說等系列文獻的考察，發現新興量詞 36 個：爿、頁、執、出、格、肘、駕、艇、篝、回、握、腿、料、抬、扛、拿、份、坯、掛、挑、進、撥、排、牙、綜、圈、窪、刀、幫、黨、批、弔、趟、替、泡、餐；其中多達 25 個改寫了已有結論，對於大型辭書的編纂和修訂具有重要價值。

近年來辭書種類愈加繁多，所收詞語及詞語義項也不斷增多，其中《漢語大字典》（第二版）和《漢語大詞典》無疑仍是目前最為權威的大型辭書，以下以這兩本辭書為參照系，從義項增補、釋義訂補、初始例提前、書證補闕四個方面探討明代新興量詞的辭書學價值。

一、辭書義項增補

「發現需要增補的義項是比發現新詞更難的一項工作。」〔註2〕大型辭書的釋義要準確且系統全面，義項完備度是衡量辭書水平的重要因素，釋詞應囊括本義、常用義及不同歷史時期語料中的特殊含義，才能完成詞義體系的構建。明代白話小說中的諸多量詞，《大詞典》《大字典》卻未收入，現將其未收錄的量詞義項詳述如下。

執　《說文·幸部》：「執，捕罪人也。」本義為逮捕、捉拿，引申為拿、執義，由此語法化為量詞，稱量壺等可持拿之物。明代常見，如《檮杌閒評》第二十四回：「金壺二執，玉杯四對，五帶一圍，漢玉鉤條一副，綵緞二十端。」又，第三十回：「金珠頭面全副銀壺二執。」《大詞典·手部》《大字典·手部》均未見「執」的量詞用法，當補。

握　《說文·手部》：「握，搤持也。」本義為攥、持，由此語法化為量詞，稱量如意、扇子等可手握之物。明代常見，如《檮杌閒評》第三十回：「祖母綠帽頂一品漢玉如意一握。」又，《國色天香·尋芳雅集》：「遂遣僕馳家問老夫人取雲絹一匹、朝履二雙、川扇四握。」《大詞典·手部》《大字典·手部》均未見「握」的量詞用法，當補。

〔註2〕王偉：《〈現代漢語詞典〉義項的增補》，《辭書研究》2017 年第 5 期。

艇 《說文新附・舟部》：「艇，小舟也。」本指輕便的小船，後語義泛化，可指大船，由此作量詞，稱量船。明代已見，如《燕居筆記・裴航遇雲英記》：「四顧湖中，大船小船，也有數千艇。」《大詞典・舟部》《大字典・舟部》均未見「艇」的量詞用法，當補。

腿 《玉篇・肉部》：「腿，脛也。」本義為脛和股的總稱，由此語法化為量詞，稱量肉。明代已見，如《初刻拍案驚奇》卷八：「陳大郎便問酒保打了幾角酒，回了一腿羊肉，又擺上些雞魚肉菜之類。」《大詞典・月部》《大字典・月部》均未見「腿」的量詞義，當補。

拿 《正字通・手部》：「拿，俗拏字。」本義為用手取，由此語法化為量詞，稱量一手所取之物，相當於「把」「握」。明代常見，如《金瓶梅》第二十四回：「漢子有一拿小米數兒，你在外邊那個不吃你嘲過。」又，《今古奇觀》第二十一卷：「買兩拿餅饊，雇頂轎兒，送母回了。」《大詞典・手部》《大字典・手部》均未見「拿」的量詞義，當補。

窪 《玉篇・水部》：「窪，牛蹄跡水也。」指小水坑，由此語法化為量詞，多稱量水、血等液體，相當於「汪」。明代已見，如《金瓶梅》第六十二回：「果然見沒了氣兒，身底下流血一窪。」又，《一片情》第四回：「一窪死水全無用，也有春風擺動時。」《大字典・水部》《大詞典・水部》均未見其量詞義，當補。

黨 《廣韻・蕩韻》：「黨，輩也。」由此語法化為量詞，稱量群體。明代可見，如《東度記》第五十回：「話分兩頭，卻說這村有一黨豪俠惡少，生平最喜這李阿諾。」又，《警世通言》第四十卷：「就呼集一黨蛟精，約有千百之眾，人多口多。」《大詞典・兒部》《大字典・兒部》均未見其量詞義，當補。

二、辭書釋義訂補

「準確性是字典釋義的基本要求和核心要素，也是字典編者不斷追求的理想目標。」〔註3〕可見釋義是辭書最基本、最重要的問題，釋義準確與與辭書的質量直接相關，但漢語語料豐富繁雜，要做到無一例外地精準釋義也非常困難，需不斷完善更新。今用明代白話小說中的新興量詞來考察辭書已有

〔註3〕 朱城：《從準確性看〈漢語大字典〉釋義誤用古注的問題》，《語言科學》2015 年第 5 期。

釋義，訂正、補充，使釋義更完善。

　　格　《說文・木部》:「格，木長貌。」本指樹木的長枝條，後又指置物的架子，再引申為格子，由此語法化為量詞，相當於「塊」。《大詞典・木部》《大字典・木部》該義項均引清黃叔璥《臺海使槎錄・物產》:「鳳邑鹽埕一千三百二十一格，每格廣狹不一，計丈定課。」但細審文意，其名詞性很強，且未用於「數＋量＋名」結構，不能確定為量詞。「格」在明代白話小說中量詞用法明確，在「數＋量＋名」結構中稱量「屏障」，如《初刻拍案驚奇》卷二十七:「院主受了，便把來裱在一格素屏上面。」

　　撥　《說文・手部》:「撥，治也。」本義為治理，由此引申有分撥義，進一步語法化為量詞，相當於「批」「夥」。《大字典・手部》未見「撥」的量詞用法，當補;《大詞典・手部》初始例為《宋史・禮志二四》，但版本不明，或為元末，或為明代及以後，遍檢元代文獻，未見「撥」作量詞的用例，故此當為明代或明以後的版本。

　　明代白話小說中常見，如《水滸傳》第四十六回:「將下山打祝家莊頭領分作兩起，頭一撥宋江、花榮……帶領三千小嘍羅，三百馬軍，被掛已了，下山前進。第二撥便是林沖、秦明、……隨後接應。」

　　綜　有聚合之義，《易・繫辭上》:「錯綜其數。」由此語法化為量詞，相當於「絡」「束」。《大字典・糸部》中「綜」的量詞條下引晉傅玄《馬先生傳》:「舊綾機五十綜者五十躡。」又引宋曾慥《類說》卷十三引劉燾《樹萱錄・神女遺龍染匹素》:「云此龍頷小髯緝成三十小劫，方斷一綜。」細審文意，這些引例中「綜」的名詞性很強，且其他宋元文獻未見，故不當判定為量詞;《大詞典・糸部》引《初刻拍案驚奇》，明代白話小說中還有《今古奇觀》卷九:「把一綜紅線，結成一條，繫在錠腰，放在枕邊。」

　　出　本字為「齣」，今多作「出」，特指傳奇中的一個段落，進一步語法化為個體量詞，稱量戲曲中的一個段落或劇目。《大字典・凵部》該量詞用法引《景德傳燈錄・雲岩曇晟禪師》:「又問:『聞汝解弄師子，是否?』師曰:『是。』曰:『弄得幾齣?』師曰:『弄得六出。』」細審文意，其中「出」的動詞性很強，或為量詞「次」「回」義，並非稱量戲曲段落的量詞;《大詞典・凵部》引清《二十年目睹之怪現狀》，明代已見。

　　「出」在明代才真正用於稱量戲文、雜劇等，常在「數＋量＋名」結構中，

用例多見，如《檮杌閒評》第二回：「你們奉酒，晚間做幾齣燈戲來看。」又，《醋葫蘆》第十回：「其餘戲子，又找了幾齣雜劇。」

　　圈　《說文‧口部》：「圈，養畜之閑也。」本為養動物的圈，後泛指環形事物，由此語法化為量詞，稱量環繞一周的事物。《大詞典‧口部》《大字典‧口部》初始例均引《朱子語類》卷九一：「某在同安作簿時，朝廷亦有文字，令百官皆戴帽。其時坐轎有礙，後於轎頂上添了一圈竹。」其中「一圈竹」或為一「圈竹」，是否為量詞用法不明，且宋元其他文獻未見。而明代白話小說中量詞「圈」用法常見，多用於「數＋量＋名」結構中，如《三隧平妖傳》第十三回：「高阜處，大大一圈精緻莊房，已非郭令公故業。」又，《金瓶梅》第十五回：「須臾，哄圍了一圈人。」

　　餐　《說文‧食部》：「餐，吞也。從食，奴聲。」本義為「吃」，引申指所吃的飯食，由此語法化為個體量詞，稱量飯食的頓數，明代進一步語法化為整體類動量詞，如《初刻拍案驚奇》卷十二：「你看他兩個，白白裏打攪了他一餐，又拿了他的甚麼東西，忒煞欺心！」動量詞「餐」的演變與動量詞「頓」〔註4〕類似。《大詞典‧食部》《大字典‧食部》均未見「餐」該量詞用法。

　　張　量詞「張」東周秦漢已見，為稱量「弓」的個體量詞，到魏晉南北朝出現面狀個體量詞的用法〔註5〕，明代沿用，但明代「張」作個體量詞還可用於稱量「口」。明代常見，如《水滸傳》第二十一回：「三寸舌為誅命劍，一張口是葬身坑。」又，《醒世恒言》第二十六卷：「凡人修善，全在一點心上，不在一張口上。」其來源與此前的拉張開、鋪張開等有別，但語源仍一致，都源自「張開」義，這就不是面狀個體量詞，而是動狀個體量詞，此前未見。《大詞典‧弓部》《大字典‧弓部》均未見「張」該量詞用法。

　　軀　「軀」最初為稱量佛像的量詞，魏晉南北朝已見，到明代量詞系統日漸成熟，量詞擇一發展逐漸完成，量詞「尊」成為稱量佛像類的專用量詞，而量詞「軀」則可稱量普通人，《大詞典‧身部》：「塑像單位名。猶言尊，座。」均稱量佛像，《大字典‧身部》：「量詞。」引明葉六桐《北邙說法》：「呀，原來有一具枯骨，一軀死屍在此。」該用法明代白話小說中常見，如《警世通言》

〔註4〕　李建平：《也談動量詞「頓」產生的時代及其語源——兼與王毅力先生商榷》，《語言研究》2013 年第 1 期。

〔註5〕　劉世儒：《魏晉南北朝量詞研究》，北京：中華書局，1965 年，第 130 頁。

卷三十一：「你堂堂一軀男子漢，不指望你養老婆，難道一身一口，再沒個道路尋飯吃？」又，《情史》卷七：「望兩壁間，隱隱若人形影，謂為繪畫。近視之，不見筆跡，又無面目相貌，凡二三十軀。」

肘　　量詞「肘」魏晉南北朝時代已見，用作制度量詞，《說文·肉部》：「肘，臂節也。」由此語法化為稱量肘子、蹄子等的個體量詞。《大詞典·月部》《大字典·月部》均只收表長度單位的量詞義，未見「肘」的個體量詞用法。明代常見，如《型世言》第三十三回：「又家說要成個體面，送了一隻鵝，一肘肉，兩隻雞，兩尾魚，要次日做親。」又，《金瓶梅》第三十四回：「兩隻雞、一錢銀子鮮魚、一肘蹄子。」

下　　伴隨動量詞「下」到明代向下的意味進一步弱化，成為典型的短時類動量詞。〔註6〕《大詞典·一部》《大字典·一部》均只收表動作次數的動量詞用法，未收其短時動量詞的用法，當補。明代常見，如《鼓掌絕塵》第七回：「悄地裏聽一下，卻原來官營吶喊大操兵。」又，《醒世恒言》第十三卷：「王觀察將靴取出，冉貴將自己換來這只靴比照一下，毫釐不差。」還發展出加後綴「兒」的用法，如《檮杌閒評》第十四回：「不若今晚灌醉了爺，偷一下兒罷。」

三、提前初始例

追溯詞語或語義產生的源頭是歷史詞彙學的重要任務之一，王力先生說：「我們對於每一個語義，都應該研究它在何時產生，何時死亡。」〔註7〕趙振鐸先生也曾說：「辭書舉例的另一作用是提示語源。某一意義什麼時候產生？某一個字什麼時候出現？對於從事研究工作的人來說有非常重要的意義。」〔註8〕可見對詞語語義溯源的重要性。今從明代白話小說來看，辭書中所列書證卻不一定是真正的初始用例，一些明代新興的量詞在辭書中引例往往為清代甚至現代用例，略述如下。

爿　　《說文》未收，《段注說文》：「反片為爿。」本義為木片，由此語法化為量詞，相當於「片」。《大字典·爿部》《大詞典·月部》均引茅盾《秋收》，用於稱量田地、樹林。明代白話小說中該用法不限於稱量田地、樹林，可稱量

〔註6〕金桂桃：《宋元明清動量詞研究》，武漢：武漢大學出版社，2007年。

〔註7〕王力：《新訓詁學》，《龍蟲並雕齋文集》，北京：中華書局，1980年，第321頁。

〔註8〕趙振鐸：《字典論稿》，《辭書研究》1991年第3期。

板斧，如《鼓掌絕塵》第八回：「說他是下水滸的黑旋風，腰下又不見兩爿板斧。」還可稱量僧帽，如《鼓掌絕塵》第十四回：「一領緇衣，拖三尺翩翩大袖；半爿僧帽，露幾分禿禿光頭。」因和尚佩戴的五方僧帽由五葉片狀冠連綴在一起組成，圍戴在頭上，故用「爿」稱量。

還可稱量整體的一部分，相當於「段」「截」。《大詞典》《大字典》初始例均為清《說岳全傳》，明代已見，如《古本水滸傳》第二十三回：「穆弘搶步上前，向第二個劈面剁去，將那人頂門劈做兩爿，腦漿迸裂，一命嗚呼。」

此外，還可稱量商店、工廠，相當於「家」「座」。《大詞典》《大字典》初始例均為清代用例。明代已見，如《初刻拍案驚奇》卷八：「在門前開小小的一爿雜貨店鋪，往來交易，陳大郎和小勇兩人管理。」又，《鼓掌絕塵》第二十六回：「便將五十兩小錁銀子，扶持我們在這裡開這一爿酒店過活。」

份　《說文·八部》：「分，別也。」本為動詞分開義，由此語法化為量詞，後增加形符寫作「份」。《大詞典·人部》初始例為清《二十年目睹之怪現狀》，《大字典·人部》引老舍《茶館》。「『份』在明代成為量詞，並分擔量詞『分』的部分職能。」〔註9〕「分」分化出「份」稱量搭配成組的東西或整體中的一部分，明代多見，如《東西晉演義》第十九回：「遂叫御廚將越國所貢鮮蚱造三份醒酒湯來。」又，《今古奇觀》第五卷：「我年大了，無多田產，日後恐怕大的二的爭竟，預先分為兩份。」

掛　《廣韻·卦韻》：「掛，懸掛。」由此語法化為量詞，稱量成串或可懸掛的事物，《大字典·手部》《大詞典·手部》初始例均為清《紅樓夢》。明代已見，如《金瓶梅》第四十一回：「四盤蜜食，四盤細菓，兩掛珠子弔燈。」又，第五十九回：「那個鈿兒，每個鳳口內銜著一掛寶珠牌兒，十分奇巧。」

挑　《說文·手部》：「挑，撓也。」本為挑動、挑撥義，引申指用肩擔，由此語法化為量詞，稱量成挑的事物。《大詞典·手部》引清李漁《比目魚·合卺》，《大字典·手部》引《中國歌謠資料·訴苦歌》。明代已見，如《二刻拍案驚奇》卷一：「憑著我一半面皮，挨當他幾十挑米，敢是有的。」又，《水滸傳》第八十一回：「兩挑行李奔東京，晝夜兼行不住程。」

排　《說文·手部》：「排，擠也。」本為推義，引申為排列、編排之義，也

可指排成的行列，由此語法化為量詞，稱量成排的事物。《大詞典・手部》《大字典・手部》均引現代用例。明代已見，如《封神演義》第九十一回：「鄔文化一排扒木打下來，龍鬚虎閃過，其釘打入土有三四尺深。」又，《水滸傳》第七十九回：「每三隻一排釘住，上用板鋪。」

批　《說文・土部》：「坒，地相次比也。」章太炎先生認為量詞「批」源於「坒」，本義為連接，連接後聚在一起則有大批、大量義，由此語法化為量詞，稱量數量較多的人或物。《大詞典・手部》初始例為柳青《銅牆鐵壁》，《大字典・手部》此量詞義無書證。明代已見，如《西遊記》第七十六回：「我這批上有三十個人，都在這中前後，等我拘將來就你。」又，《金瓶梅》第八十回：「張二官出了五千兩，做了東平府古器這批錢糧。」

封　量詞「封」秦漢時期已見，後逐漸成為書信物品的專用量詞，明代沿用，但明代「封」多稱量銀子，此前未見，較為特殊，《大詞典》《大字典》該用法未單獨列出，均歸入稱量封緘物的量詞義，《大詞典・寸部》引巴金《春》，《大字典・寸部》引《紅樓夢》。實為明代新興用法，如《歡喜冤家》第一回：「開箱取了一封銀子，一對金釵。」又，《鼓掌絕塵》第十三回：「夏虎便掀起一塊地板，果然還有十多封銀子，約有七八百金。」

位　量詞「位」作為人員類個體量詞唐代已見，明代沿用，而稱量炮或炮架此前未見，《大詞典・人部》《大字典・人部》初始例均為清代用例。實為明代新興用法，如《近報叢譚平虜傳》卷一：「初十日，楊主事早赴朝陽門城角，望城外無人地方，設炮架一位，祭拜禮畢，適遇工部尚書張鳳翼、陝西道御史趙延廣、山西道御史喻思恂等，同觀運炮。」

駕　《說文・馬部》：「駕，馬在軛中也。」本義是把車套在馬上，引申為駕駛義，由此語法化為量詞，稱量所駕之車，相當於「輛」。《大詞典・馬部》初始例為郭沫若《水平線下・到宜興去》，《大字典》未收此量詞義。明代已見，如《隋煬帝豔史》第十三回：「忽有一人姓何名安，自製得一駕御女車，來獻與煬帝。」又，《今古奇觀》第四十四卷：「遂叫人去製造一駕小小的香車來乘坐，四圍有幔幕垂垂，遂命名為油壁車。」

坯　亦作「坏」，《說文・土部》：「坏，丘再成者也。」本指未燒過的磚瓦或陶器，後特指土坯，由此語法化為量詞，多稱量土，相當於「塊」「堆」。《大詞典・土部》初始例引張天翼《夏夜夢》，《大字典・土部》未收量詞義。明代

已見，如《水滸傳》第一百回：「千古英雄兩坏土，暮雲衰草倍傷神。」

　　進　《說文‧辵部》：「進，登也。」本義為向前、向上移動，又因古代老式房子一宅之內分前後幾排，由動詞「進」語法化為稱量房屋的集體量詞，一排為一進。《大詞典‧辵部》引清《白雪遺音》，《大字典‧辵部》未標出量詞義，但引《西遊記》：「一層層深閣瓊樓，一進進珠宮貝闕。」明代常見，如《石點頭》第四回：「那知方氏所居，只有三進房屋。」又，《歡喜冤家》第八回：「福來尋了一間平屋，倒有兩進，門前好做坐起，後邊安歇。」

　　頁　朱駿聲《說文通訓定聲‧謙部》：「葉，按小兒所書寫每一笘謂之一葉，字亦可以葉謂之，俗用頁。」明以後「葉」「頁」分工漸明，量詞「頁」專用於書頁。《大詞典‧頁部》引陸文夫《平原的頌歌》，《大字典》中該量詞義無書證。明代已見「頁」字量詞用例，如《貪欣誤》第二回：「道士從從容容身邊取出一個小囊來，囊中有書數頁。」又，《情史》卷十三：「言某事在某書某卷第幾頁第幾行，以中否勝負為飲茶先後。」

　　回　《說文‧口部》：「回，轉也。從口，中象回轉之形。」由此語法化為動量詞，明代進一步語法化為個體量詞，稱量小說，相當於「章」。《大詞典‧口部》此量詞義無書證，《大字典‧口部》引魯迅《集外集拾遺‧懷舊》。明代常見，如《歡喜冤家》第六回：「看這一回小說，也不可戲謔，也不可偷情，也不可挑唆涉訟。」又，《檮杌閒評》第三十五回：「焚了一爐好香，展開一幅紙來，寫下一回遺疏。」

　　還可以稱量事件。《大詞典‧口部》《大字典‧口部》初始例均為現代用例。明代已見，如《古本水滸傳》第三十五回：「當初張青、孫二娘那般手腳，俺也不當一回事。」

　　起　「起」有產生、發生義，由此語法化為個體量詞，稱量發生的事件等，相當於「件」。《大詞典‧走部》初始例為清《兒女英雄傳》，《大字典‧走部》未收「起」該量詞用法。明代已見，如《今古奇觀》第十五卷：「因見天色太早，恐酒席未完，弔一起公事來問。」又，《醋葫蘆》第十七回：「一起活弒夫命事被害夫燕然告？」

　　幫　《正字通‧巾部》：「凡事物旁助者皆曰幫。」由此語法化為量詞，稱量相關的一群人，相當於「夥」「群」。《大詞典‧巾部》《大字典‧巾部》初始例均為清代用例。明代已見，如《金瓶梅》第十一回：「我和娘收了俏一幫兒哄漢

子。」此外，明代白話小說中「幫」還可稱量船隻，較為特殊，如《皇明諸司奇判公案》上卷：「我一幫船數十隻何能在口岸頭謀人，瞞得人過？」

　　乘　量詞「乘」本義是動詞「登」，由此語法化為量詞，稱量可以登上的車，先秦已多見並長期專用於車，明代發展出新用法，稱量梯子，亦由動詞「登」義語法化而來。《大詞典・丿部》引《紅樓夢》，《大字典・丿部》未收此用法。明代已見，如《大宋中興通俗演義》第五十二回：「每一門各用雲梯十乘，梯上軍以箭射之，下者各抱短梯軟索，只看四門鼓動，乘勢上城。」

　　此外，大型辭書要清晰明確地解釋詞語還需借助例證，王力先生說：「這樣沒有例證，就不知道它們始見於何書，也就不知道它們是什麼時代的產品。這是極艱難的工作，但是字典如果做不到這一點，決不能達到最高的理想。」〔註10〕可見書證的重要性，但由於各種原因，部分詞條未能找到合適的書證，故需不斷挖掘文獻資料來考證、補充。明代新興量詞和新興用法中《大詞典》《大字典》均無書證的情況有量詞「隻」，作為量詞雖然先秦兩漢已見〔註11〕，但到明代其用法非常靈活，複雜多變，可用於物品、器官、動物等，還可以稱量「車」，《大詞典・隹部》未收該用法，《大字典・隹部》：「量詞。2.用於某些器物。如：兩隻箱子；三隻船。」無書證，明代小說可見用例，如《隋史遺文》第三十六回：「最苦是車載糧米，州縣派定幾戶出一隻牛車，裝米多少。幾戶出一輛騾車，裝米多少。」其中稱量騾車用「輛」，稱量牛車用「隻」；又，《七十二朝人物演義》卷三十二：「吳起回頭一望，看見後面兩隻車兒疾行而來。」此例稱量車兒，疑「隻」的這種用法可能由稱量「牛車」逐漸泛化而來。

　　綜上可見，明代量詞系統已趨於成熟完善，因此學界關注較少，但事實上系統深入地研究無論是對辭書的編纂還是詞彙學研究都有重要價值和意義，在此後的研究中對於明代小說的詞彙和語法研究應當繼續加強。

第二節　量詞連用現象及歷時發展

　　量詞連用是指兩個或兩個以上量詞並列，分別稱量不同對象的量詞使用現象，在明代量詞系統中較為常見，作為漢語量詞發展的一種特殊現象，學界相關研究甚少。量詞連用現象萌芽於漢代，到初唐至五代時期隨著量詞系統的成

〔註10〕王力：《理想的字典》，《龍蟲並雕齋文集》，北京：中華書局，1980年，第369頁。
〔註11〕李建平：《先秦兩漢量詞研究》，北京：中國社會科學出版社，2017年，第108頁。

熟才獲得迅速發展；宋元時期進一步發展，制度量詞連用大量湧現；明清時期，稱量人的量詞連用大量產生，多見於記史實錄類文獻；明清以後，量詞連用現象逐漸減少，僅見於特定文獻；上世紀八九十年代，兩個量詞的連用現象迅速發展，《人民日報》等報刊常見。量詞連用的表量方式具有簡潔、靈活的優勢，因此在量詞系統成熟之初獲得迅速發展；但由於缺乏明晰性、穩定性，多個量詞的連用隨著量詞系統的完善和調整逐漸消失，只有兩個量詞連用在特殊語境中具有其無法替代的表量功能而在特定文獻中仍在使用。

　　劉世儒（1965：30）較早注意到該問題，認為這是南北朝人的創造，是為調整「一量對多名」的失調而產生的，是量詞分工發展中的過渡情況。此後，學者們往往將量詞連用和複合量詞共同討論，關英偉（1995）將量詞連用現象歸為複合量詞，認為這是八十年代新興的，並取名為「和式複合量詞」，作為量詞中的一類新成員；王希傑（1993）、宋玉柱（1994）、關英偉（1994）、刁晏斌（2008）都曾對這類「複合量詞」進行過討論。量詞連用和複合量詞雖然形式相近，但在語法功能和語義指向上都完全不同，如宋玉柱（1994）所言：「用同一個術語指稱不同語言現象，這種做法會給討論帶來不必要的麻煩，因而應該盡力避免。」

　　「複合量詞」這一術語由丁聲樹先生最早提出，他在《現代漢語語法講話》（1961：176）中首次使用「複合量詞」這一名稱，並進一步解釋「秒公方」指水一秒鐘的流量，以立方公尺計算；「架次」指一架飛機出動一次；「千米小時」指一小時走一千米等。張萬起（1991）對複合量詞進行更細緻的分類，也未涉及量詞連用現象。宋玉柱（1994）也指出：「複合量詞是一個量詞，而不是兩個量詞。」可見，複合量詞是由兩個計量單位結合成的一個新計量單位，若分開則計量方式會發生變化，表意也會改變；而「牛馬羊二百三十六頭匹隻」（明張時徹《芝園集・別集奏議》）這類量詞連用現象則類似於古籍「並提」的修辭方式，為使句子緊湊、文辭簡練而把「頭」「匹」「隻」這三個量詞並列在一起表達，仍分別稱量不同的對象，不產生新義，不能成為一個新的量詞。故複合量詞是兩個量詞組成的一個新量詞，而量詞連用是兩個及以上量詞並列的特殊用法，二者有著本質的區別。

　　關於量詞連用的起源和發展，何傑（2008：247），王希傑、關英偉（1993）等均指出複合量詞古已有之，但所舉古代用例均為量詞連用，黃伯榮、廖序東

（2002：323）指出 20 世紀 50 年代陸續出現很多複合量詞。可見，複合量詞並非古已有之，真正古代就有的是量詞連用現象。刁晏斌（2008：34）將量詞連用現象稱為量詞的複合形式，並認為「這種形式在整個近代漢語階段很少，而在現代漢語的前兩個階段（1919～1949，1949～1976）更是沒有見到，它的大量出現和使用，是第三階段（改革開放以來）的事情」。從漢語量詞發展史的視野來看，量詞連用現象早在唐五代就已多見，在明清時代的記實錄等文獻中使用頻率很高，如：

（1）賜布絹五百端匹，米粟四百石，令鴻臚卿王權充冊弔使。（唐代宗《贈趙憬太子太傅詔》）

（2）銀金花供養器物共四十件枚隻對。（唐《法門寺地宮物賑碑》）

（3）擒斬功級並俘獲幼男婦女共二千八十六名顆口，奪回被虜軍民男婦五十名口……牛馬豬羊六百一十餘頭隻。（明張溶《明神宗顯皇帝實錄·卷一百九十一》）

（4）荊湖南路……見催額一百八十一萬六千六百一十二貫石疋串斤束蕈兩，夏稅四十四萬八千三百六十四貫石疋兩串斤，秋稅一百三十六萬八千三百四十八貫石疋斤束蕈。荊湖北路……見催額一百七十五萬六千七十八貫石疋兩張量塌條束斤領竿隻，夏稅五十一萬五千二百七貫石疋兩張量塌條，秋稅一百三十六萬八千二百四十八貫石疋斤束蕈食。（清曾國荃《湖南通志·賦役志三》）

例（1）是制度量詞連用，例（2）是個體、集體量詞連用，例（3）是個體量詞連用，例（4）則是個體、集體和制度量詞的連用，是將幾個量詞鋪排稱量計稅相關事物，用法較為特殊，但也較能反映量詞連用與複合量詞的本質區別。洪藝芳（2000）、李建平（2016）、王紹新（2018）分別對敦煌文獻及唐代文獻中的量詞連用現象進行了部分考察，但量詞連用產生的具體時代，量詞連用具體的演變過程以及其產生、發展、衰落的原因仍需進一步探討。

一、量詞連用的產生和歷時發展

量詞連用現象萌芽於漢代，但真正產生並普遍使用的時代卻在初唐，在唐

五代時迎來第一個發展高峰，成為當時量詞使用的一大特色；到宋元時期，這一現象有了較大發展，個體量詞連用的種類增多，並出現大量制度量詞連用現象；明清時期新生了很多稱量人員類的個體量詞連用現象，但制度量詞連用遠不如宋代豐富。

（一）量詞連用的產生

劉世儒（1965：30）舉《世說新語·雅量》注引《續晉陽秋》中「頭匹」連用例，認為量詞連用現象是南北朝人的創造；王紹新（2018：822）認為劉書僅舉「頭匹」連用一例，且「此例是該書劉孝標注引《謝車騎傳》之例，劉書引文亦有不確……在影印金澤文庫藏宋本及沈寶硯校本中此處無『匹』……故還不能說當時確有量詞連用」，並引洪藝芳（2000：329）吐魯番文書例，認為量詞連用最早見於在南北朝末至初唐之間的吐魯番文書。

實際上最早的量詞連用現象漢代已見，李建平（2017：219）指出《馬王堆一號墓漢簡·遣策》中的「器盛」例，並結合「旨酒一盛」（《左傳·哀公十三年》）、「醇酒一器」（《列女傳·母儀傳》）例，認為「器盛」可能並非一個量詞，而是量詞「器」與量詞「盛」連用：

　　（1）黃粱食四器盛；白粱食四器盛；稻食六器，其二檢（匭），

四盛；麥食二器盛；右方食盛十四合、檢（匭）二合。（《馬王堆一

號墓漢簡·遣策》128～132）

量詞「器」「盛」代指不同容器，適用範圍都很廣，簡文中的「六器」包括「檢（匭）」二件、「盛」四件，故「器」所指範圍大於「盛」，「盛」可用於總括所有盛食物的容器，但不包括「檢（匭）」類容器，二者可連用分指不同對象。可見，在漢代就有量詞連用這種現象，但並不多見，可能只是量詞使用時的偶然結合和臨時表達，並未由此形成一種量詞使用的普遍現象。故這幾例可視為量詞連用現象的萌芽，但並非量詞連用的真正產生。直到唐代初期，這一現象再次出現，被人們採納並逐漸發展起來。較早用例如：

　　（2）羊、馬、驢、牛、駝、騾等總三百五十頭匹。（《吐魯番出

土文書·阿斯塔那二一〇墓文書》）

　　（3）貳伯貳拾貳張枚事口領具隻雜物。（《敦煌會計曆等財政文

書·唐開元廿三年沙州會計曆》P.3841.V）

例（2）為唐貞觀二十三年（649年）至廣德元年（763年）間的例證。例（3）為唐開元二十三年（735年）用例，該例量詞連用用於「數＋量＋名」結構，非常特殊，蓋因該帳簿文書中均採用「數＋量＋名」結構記帳，為不打破這統一的記帳結構，量詞連用才能進入這一結構，但這種情況未被沿用，在當時也非常罕見。洪藝芳（2000：330）另舉「……官車牛伍具，單車壹具乘，合得銀錢宄（玖）拾壹文」（《吐魯番出土文書·阿斯塔那一五五墓文書》）一例，並指出「具乘」於南北朝末至唐初產生。該例中「具乘」若為量詞連用則其稱量對象至少有兩個，但「具乘」前的數詞為「壹」，頗疑有誤；核對圖版後我們發現「具」字有較明顯的塗改痕跡，結合上下文，此句前後分別出現「車牛壹具」「單車壹乘」的用法，且該版還有其他類似的塗改痕跡，故「單車壹具乘」當為「單車壹乘」，原釋文將所刪之「具」字誤添入原文，並非量詞連用現象。王紹新（2018：822）指出這一現象在南北朝末至初唐間產生，但並未舉出更多早期用例，其所舉《舊唐書》和法門寺碑文中的例證，前者成書於後晉，後者記錄唐懿宗咸通年間（860年～874年）之事，均不可作為初唐用例之證。

故我們認為量詞連用現象萌芽於漢代，但於初唐前後才真正產生，且產生之初的文獻用例很少。洪藝芳（2000：329）指出了敦煌及吐魯番文書中量詞連用的現象，將其歸入複合量詞，認為這是量詞體系邁向量詞完全分工過程中的過渡階段。但量詞史中並不存在類似結構的複合量詞，且「頭匹口」「件枚隻對」「副枚領張口具」等顯然不能視為一個複合量詞，僅僅是量詞的連用。到中晚唐，這一現象用例明顯增多，李建平（2016：229）指出「量詞連用是隋唐五代量詞系統的一大特色」，並對隋唐五代時期的量詞連用現象進行進一步描寫，增補了大量文獻用例，但未分類探討，茲按量詞的類別分析如下。

1. 個體量詞連用

唐五代時期的個體量詞以「頭」「匹」連用居多，且同是「頭匹」，用法上也存在一些變化；此外，還有「人」「騎」連用可以計量軍隊的人馬，如：

（1）於是軍中舉華（畫）角，連擊錚錚，四面族兵，收奪得駝馬之類一萬頭匹。（《敦煌變文集新書·張義潮變文》）

（2）生口細小等活捉三百餘人，收奪得駝馬牛羊二千頭匹，然後唱《大陣樂》而歸軍幕。（《敦煌變文集新書·張義潮變文》）

（3）比年與漢博易，自大中八年經略使苛暴，令人將鹽往林西原博牛馬，每一頭匹只許鹽一斗，因此隔絕，不將牛馬來。（唐樊綽《蠻書‧名類》）

（4）今與東川點檢馬步軍十五萬人騎，分路往武信利閬路黔巂等州。（唐孟知祥《起兵西川示諸州榜》）

「頭」「匹」連用時，一般用「頭」稱量「牛」「駝」，用「匹」稱量「馬」，如例（1）中「頭」「匹」連用即按語境中名詞的順序對應連用；例（2）則用「頭匹」對應「駝馬牛羊」，但這裡的「頭匹」應是在頻繁連用中可以籠統地稱量牲畜，但仍分指不同對象，此二例均為宣宗大中十二年（858年）至懿宗咸通八年（867年）間的用例。例（3）約為咸通五年（865年）之用例，其中數詞與「頭匹」結合後用指示代詞「每」直接修飾，用法更靈活。值得注意的是，這一時期「頭」和「匹」連用還可直接表名詞「牲畜」義，「匹」字亦作「疋」，如《敦煌變文‧廬山遠公話》：「只留三五人，作一商客，將三五個頭疋，將諸行貨，直向東都，來賣遠公，向口馬行頭來賣。」此處用「個」稱量「頭疋」，「頭疋」顯然是名詞。可見，量詞在長期或頻繁連用中可能逐漸語法化為一個名詞。例（4）則為唐末五代時的用例，「人」「騎」連用分別稱量軍隊的「步兵」「騎兵」。

2. 制度量詞連用

唐五代時期，制度量詞連用的使用頻率最高，主要用於計量賦稅、賞賜、軍需供給等，「貫匹」連用最為常見，「貫」是貨幣計量單位，「匹」是絹帛計量單位，稱量「錢絹」「錢帛」；此外，「貫」還可與量制量詞「石」，以及「端」「屯」等布帛量詞連用，如：

（1）辛亥……凡燒錢帛二十萬貫匹、米二萬四千八百石、倉室五十五間。（五代劉昫《舊唐書‧卷十五》）

（2）臣奉……當州欠三萬六千二十三貫石，並放免者。（唐劉禹錫《劉夢得文集‧卷二十》）

（3）仍準舊例賜錢物二十萬四千九百六十端匹貫。（唐玄宗《南郊改元德音》）

（4）每歲錢粟絹綿布約得五千二百三十餘萬端疋屯貫石。（唐

杜佑《通典・食貨六》)

（5）共苗穢所進助軍錢絹，共二萬六千匹端，麻鞋一萬量，宜卻還本州。（唐憲宗《卻還處州刺史進助軍錢絹等詔》）

3. 不同類別的量詞連用

唐五代，不僅是個體量詞之間、制度量詞之間可以連用，個體、集體及制度量詞三者都可搭配連用。如前文「具乘」就是個體量詞與集體量詞的連用，另李建平（2016：229）所舉「貫石束」「端匹束貫斤量」「貫石端匹枚具斤兩」都屬不同類別量詞混合連用的現象。可見，這類量詞連用現象在這一時期較為豐富，如：

（1）新恩賜到金銀寶器、衣物、席褥、襆頭、巾子、靴鞋等共計七百五十四副枚領條具對頂量張。（唐《法門寺地宮物賬碑》）

（2）以前都計二千四百九十九副枚領張口具兩銀字等，內金銀器、衫袍及下蓋、裙衣等，計八百九十九副枚領張口具等。（唐《法門寺地宮物賬碑》）

（3）六月……百姓所欠諸色課利、租賦錢帛，共五十二萬六千八百四十一貫石匹束。（五代劉昫《舊唐書・卷十四》）

（4）以前都記二千四百九十九副枚領張口具兩錢字等。（唐《法門寺地宮物賬碑》）

（5）其度支元和二年已前……當四百八十餘萬貫石端匹枚具手兩等並放。（唐玄宗《平淮西大赦文》）

（6）今則權差夫丁，率自採造，成二萬六千五百三十石升枚具，歲中省百姓供費三千貫。（唐盧重元《岐邠涇寧四州八馬坊頌碑》）

例（1）～（2）是個體量詞與集體量詞連用，例（3）是制度量詞與集體量詞連用，例（4）～（6）則是個體、集體、制度量詞三者連用，足見該時期量詞連用的發達程度。

（二）量詞連用的發展

宋元時期，量詞連用現象繼續發展，個體量詞連用種類更豐富，特別是能

進入連用現象的制度量詞數量大幅增加。明清時期是量詞連用的成熟階段，在明代新生了很多稱量人員的個體量詞連用現象，但制度量詞連用以及個體量詞、制度量詞混合連用的現象都遠不如宋元時期豐富，種類也相對較少。

1. 個體量詞連用

宋元至明清時期，個體量詞連用現象無論在數量還是種類上都有所增多。稱量動物的量詞連用「頭匹」產生較早，該時期又可作「匹頭」〔註12〕，連用後直接作為一個名詞的用法也更多見，且「頭匹」還可與「口」「隻」連用，如：

（1）省所進馬橐駝共百一十三頭疋，待罪。（宋佚名《宋朝大詔令集‧答銀州觀察使趙保吉詔》）

（2）於是正兵營游擊周義統領官兵二千一百五十七員名，馬騾二百五十七匹頭。（明畢自嚴《餉撫疏草‧卷一》）

（3）俘獲男婦九十九名口，得獲牛馬羊二百三十六頭匹隻，衣甲器械一百四十九件副。（明張時徹《芝園集‧別集奏議》）

（4）漂流瓦草房七千六百六十三間，牲畜二千六百三十八頭匹隻口。（明秦金《安楚錄‧卷三》）

「頭」「隻」連用、「隻」「口」連用、「匹」「隻」連用都是明代新興用法；其中量詞「匹」的稱量對象最為明確，一般稱量馬，而「頭」「隻」「口」所稱量的對象則較為靈活，在不同的語境中與不同的對象搭配，「隻」在不同語境中就可分別稱量牛、羊、豬，如：

（5）癸亥山東沂州郯城縣大水溺死男婦一百餘名口，漂牛畜六百餘頭隻。（明張溶《明世宗肅皇帝實錄‧卷二十八》）

（6）毛色不等馬五十餘匹，耕牛一百五十餘隻，豬羊三百餘隻口。（明何孟春《何文簡疏議‧卷六》）

（7）俘獲賊屬老幼男婦女一百八十六名口，奪獲牛馬一十二隻疋，器械一百五十六件。（明秦金《安楚錄‧卷三》）

〔註12〕明清時期「匹頭」用法更加常見，《漢語大詞典》中「匹頭」詞條下未收此種用法，當補。

（8）獻出番賊你卜他等級首四顆，並生擒旦戎卜班卜牙二名，賠馬牛羊共二百六十七匹隻伏罪。（明張溶《明神宗顯皇帝實錄·卷五十三》）

此外，宋元明清時期個體量詞連用的數量和種類都大幅增加。宋代新興了很多稱量事、物的個體量詞連用，如「冊事」「名件」「條件」「事件」「間堵」，各舉一例：

（9）省所上表，進新印徐鉉文集兩部，計六十卷共一十二冊事，具悉。（宋真宗《胡克順進徐騎省文集表批答》）

（10）則又隨畝更有農具、牛皮、鹽錢、曲錢、鞋錢之類，凡十餘名件，謂之雜錢。（宋王岩叟《忠獻韓魏王家傳·卷十》）

（11）臣竊詳新降編勑條貫，內有奏聽勅裁，勘罪聞奏、禁奏取裁、當行極斷決配之類不一，總七十條件。（宋金君卿《乞省刑獄論奏以免留係疏》）

（12）當年十二月二十五日……及賜本院少關動用事鐺鍋釜灶火爐等，計八事件。（宋張觀《大宋新修淨惠羅漢院碑》）

（13）自六月二十五日用功起役，至今都修舍屋牆壁共十二萬九千一百餘間堵。（宋曹儀《乞修蓋諸軍營房住役奏》）

明清新興出很多稱量人的個體量詞連用現象，常見的有「員名」「名口」「位名」「員名口」。此外，稱量人的量詞「名」還可以與稱量人首級的量詞「顆」連用，多見於記史實錄。這些量詞連用現象都較為常見，茲略舉幾例，如：

（14）副總兵駐劄……所統六路官兵約計一千八百員名。（明張溶《明神宗顯皇帝實錄·卷三十二》）

（15）獲人三百十七名口……獲蒙古、漢人男女共三百七十九名口。（明錢儀吉《碑傳集·卷六》）

（16）奪回被脅被虜官民人等三百八十四員名口，招撫畏服投首一百九十三位名。（明王守仁《陽明先生道學鈔·平濠書》）

（17）我兵呼噪大進，將吳王凡等首從並賊屬盡數擒斬，共十三名顆，俘獲賊屬六口，奪回被虜婦女二口。（明王守仁《王陽明

集・卷十一》）

（18）擒斬大賊首二十九名顆……總計擒斬、俘獲、奪獲共五

千九百五十五名顆口隻匹件把。（明王守仁《王陽明集・卷十一》）

例（14）「員」「名」連用明代新興，清代沿用，其中「員」多稱量官員、大臣，「名」多稱量軍、兵。《漢語大詞典》「名口」條：「量詞。用於人。」並舉《清史稿・食貨志一》中「山東一省海島居民二萬餘名口」的用例。其實，「名口」不是一個量詞，而是量詞連用現象，且明代已見量詞「名」「口」連用稱量人的用法，如例（15）中第一個「名口」直接稱量「人」，但仍是分別指稱男、女兩類不同對象的量詞連用；而第二個「名口」是更典型的量詞連用現象。例（16）中「員」「名」「口」連用分別稱量「官」「民」「人」；「位」「名」連用稱量的對象身份地位均較低，所見其他用例也未能體現其所指對象的差異。例（17）中「名」「顆」連用也是明代新興的用法，「名」稱量賊人，而「顆」稱量的對象多是賊人的首級。例（18）中的量詞連用稱量戰爭時所獲戰利品總數，也是量詞連用中較典型的例證。

2. 制度量詞連用

宋元時期，制度量詞連用在前代基礎上迅速發展。「貫」「匹」連用和「貫」「石」連用都產生於唐，宋元沿用，但在宋元時期它們可以和更多制度量詞連用。明清時期，制度量詞連用現象遠沒有宋元時期豐富，很多制度量詞連用現象並未被繼承下來。

「貫」「石」連用唐代已見，在發展過程中還常和「斤」「兩」「匹」等量詞連用，所見組合有「貫石（碩）斤兩」「貫石匹斤／貫石斤匹」「貫石匹兩／匹貫石兩」「貫碩匹斤兩」，由於在特定語境中其稱量的對象明確，因此不必出現。制度量詞連用在宋元時期非常豐富，稱量的對象多為稅收之物，略舉幾例：

（1）歲入四千七百二十一萬一千匹貫石兩，支四千九百七十四

萬八千九百匹貫石兩。（宋包拯《包孝肅奏議・卷一》）

（2）比咸平五年增五十五萬有奇，賦入總六千三百七十餘萬貫

石匹斤。（宋陳均《宋九朝編年備要・皇朝編年備要》）

（3）秋稅河北最多，七百七十五萬八千一十七貫碩匹斤兩，夔

州六萬有零。（宋方勺《泊宅編・卷十》）

（4）自前所欠錢物四十五萬餘貫碩斤兩，悉蠲放焉。（清徐松

《宋會要輯稿・食貨》）

「匹」稱量絹帛，「兩」稱量銀錢，二者連用宋代新生，亦作「兩匹」，字

或作「兩疋」，明清更常見，清代還出現「兩」「匹」「貫」連用，但稱量對象並

非嚴格對應，如：

（5）支用詔三司支銀絹各十萬匹兩，如轉變未得聽於常平司易

錢給其賞。（宋李燾《續資治通鑒長編・卷二百六十》）

（6）上為之慟……仍令戶部支賜賻贈銀絹一千兩疋。（宋佚名

《咸淳遺事・卷下》）

（7）上賜銀絹錢各一百萬貫匹兩……許以便宜從事。（宋李綱

《靖康傳信錄・卷一》）

（8）忠定為親征御營使，上賜銀絹錢各一百萬兩貫匹。（清趙

翼《陔餘叢考・卷三十》）

「稱」是制度量詞，十五斤為一稱，「稱」「石」連用元代新生；「疋」「石」

連用則是明代新生用法，如：

（9）百官俸給正一品三師錢粟三百貫石，曲米麥各五十稱石，

春衣羅五十匹，秋衣綾五十匹，春秋絹各二百匹，綿千兩。（元脫脫

《金史・百官四》）

（10）岳飛母魏國夫人姚氏身亡，已降指揮於格外特賜銀絹一

千兩疋，布米五百疋石，命戶部支給差人送去。（明熊大木《大宋中

興通俗演義・第四三回》）

3. 不同類別的量詞連用

宋元時期，不同類別的量詞連用現象更豐富。個體量詞與集體量詞連用如

「條束」「條束塊」；個體量詞「領」「條」「段」和制度量詞「貫」「碩」「匹」

「斤」「兩」連用，個體量詞「頭」「口」和不同制度量詞連用；還有集體量詞

「束」與不同制度量詞連用，如：

（1）修河司約用……物料計五千八百八十四萬八千八十二條束

塊。（宋范百祿《相視回河條畫狀》）

（2）景德六百一萬一百貫匹兩碩領條，皇祐一千二百萬有零，

治平一千三十二萬有零，熙寧末八百萬二千六百八十九貫匹斤兩條段。（宋方勻《泊宅編·卷十》）

（3）辛酉資政殿學士……增茶鐵錢絹米草共六萬六千六百斤貫匹石束……依條出賣仍免三年稅賦從之。（宋李心傳《建炎以來繫年要錄·卷一百八十五》）

（4）點檢軍資庫，錢帛鹽曲，共計五十一萬貫斤兩匹石頭口。（宋王繼恩《克復綿州等地獻捷奏》）

（5）主客戶總五萬四千，夏秋賦租通四十二萬三千貫斤石束匹兩。（宋劉摯《荊南府圖序》）

此外，還有「枚具石升」「貫石端疋枚具斤兩」「貫石匹兩量角束」「貫石匹端兩斗量斤根束」等個體、集體、制度量詞混合連用，如：

（6）今則權差夫丁，率自採造，成二萬六千五百三十石升枚具，歲中省百姓供費三千貫。（宋姚鉉《唐文粹·重校正唐文粹卷》）

（7）諸道借假及懸欠錢物斛斗雜物當四百八十餘萬貫石端疋枚具斤兩等。（宋王欽若《冊府元龜·帝王部》）

（8）京西路……見催額四百六萬三千八百七十貫石匹兩量角束……見催額五百八十萬五千一百一十四貫石匹端兩斗量斤根束……見催額四百二十二萬三千七百八十四貫石匹兩斤秤角量領束。（宋馬端臨《文獻通考·田賦考四》）

明清時期，不同類的量詞連用現象不及宋元時期豐富，常是直接將幾個量詞鋪排用來稱量戰利品和稅收之物，多是前代未見的連用現象，如：

（9）俘獲賊屬男婦八百九十名口，奪獲牛馬一百二十二隻匹，器械贓仗二千八百七十件把。總計擒斬俘獲奪獲共五千九百五十五名顆口隻匹件把俱。（明秦金《安楚錄·卷三》）

（10）凡商船出洋及進口各貨，按斤科稅者為多有按疋件條把筒塊。（《清會典事例·卷二百三十五》）

（11）龍江、江東、朝陽、聚寶、四司收進城稅，均分別貴賤，按斤科稅，有按個件條把連副箱簍船擔者。（《清通典·食貨》）

（12）凡商販內地貨物出洋、及販外洋貨物進口者，按斤疋個

件連副雙隻條把包籮，木按根按圍，板按塊科稅。(《清會典·則例·
戶部》)

（13）諸道及戶部營田逋租三十八萬八千六百七十二端匹束貫
斤量。(清閻鎮珩《六典通考·卷八十五》)

（三）量詞連用的衰落

王紹新（2018：824）認為：「現代的量詞連用性質完全不同，不再是多種
事物適用量詞的並列，而是另有含義，有人稱之為『複合量詞』。」並列舉「噸
公里」「千瓦小時」等例。其實，現代漢語中量詞連用性質並非與此前完全不
同，王先生所舉例證只是複合量詞，並非量詞連用現象。據考察，上世紀八九
十年代，在光明日報、中國文化報等各大報刊，量詞連用又開始常見。王希傑、
關英偉（1993）將其歸為「複合量詞」中的「和式複合量詞」，認為這是現代漢
語量詞的一大特點，也是現代漢語語法發展演變中的一個新現象，並對其分類
論證、舉例說明。何傑（2008：250）將這類量詞分為帶括號的和不帶括號的，
其中帶括號的不能算複合量詞，不帶括號的則屬於複合量詞範疇。但在現代漢
語中，量詞連用現象依然不能視為一個量詞，且無論帶括號與否，都未影響到
其本質特點，茲舉現代報刊中的用例：

（1）全市已興辦農副產品加工合資企業 113 家……引進先進的
加工設備近 200 臺套。(《新華日報》1994 年 1 月 24 日)

（2）在今年 3 月中旬召開的經銷會議上，一次性訂貨 1300 臺
（套）。(《1994 年報刊精選 01》)

（3）500 萬盆株爭奇鬥豔的鮮花，數百處造型精美的花壇，把
北京裝扮成一座美麗的「花都」。(《1994 年報刊精選 09》)

（4）20 多萬盆（株）鮮花綠草組成 8 組花壇，光彩奪目，十分
壯觀。(《人民日報》1994 年 9 月 27 日)

（5）1993 年底，牧民群眾人均佔有牲畜 23 頭隻，與民主改革
持平。(《1994 年報刊精選 01》)

（6）全縣養畜戶每年出售商品畜 30 多萬頭（隻），商品率比
1985 年提高一倍多。(《1994 年報刊精選 01》)

從這些用例中可以看出，現代漢語中量詞連用現象依然不能視為一個量

詞，連用後仍分別稱量相關而不同的對象。如例（1）（2）中的「臺套」，無論帶括號與否，「臺」都是個體量詞，稱量一個個單獨的設備，「套」為集體量詞，稱量成套的設備，它們連用仍分指不同對象，目的依然是稱量連用或混用的幾個名詞。例（5）（6）中的「頭隻」則是在明代新興的量詞連用現象，現代漢語中仍在使用，帶括號與否都未改變其本質。此外，「部集」「套冊」「部輛」「臺架」「件套」等量詞連用現象在現代漢語中都存在帶括號和不帶括號的兩種形式，均為量詞連用分指不同對象。結合量詞連用的演變發展過程來看，一部分量詞連用在發展中可能語法化為名詞，但多數量詞連用後仍分指不同對象，不表整體意義，永遠不能視為一個量詞。因此，量詞連用現象應與複合量詞截然分開，我們應嚴格區分二者的定義並分別討論，將量詞連用現象劃入複合量詞的這種做法不甚合理，極易造成混淆。故我們認為現代漢語中量詞連用現象的本質並未改變，無論帶括號與否，都不能視為複合量詞。量詞連用雖符合語言簡潔性要求，但不符合明晰性要求，現代漢語中的連用現象也多只見於報刊、公文類文獻，未被大規模接受和廣泛沿用。

二、量詞連用產生、發展和衰落的原因

縱觀量詞發展史，漢語量詞遵循兩條發展道路：一是由簡到繁，如量詞分工越來越細緻；一是由繁到簡，如同義量詞不斷被淘汰。道路雖然不同，但目的卻只有一個，就是讓語言結構更精確、完善。量詞連用現象也同樣遵循這兩條道路，隨語言使用的需求不斷變化。

（一）量詞連用產生、發展的原因

量詞連用的產生和量詞系統的發展密切相關，為解決量詞系統發展中的矛盾，量詞連用應運而生，而「名＋數＋量」結構的大量使用為量詞連用提供了適宜的發展空間，這種表量方式結合自身特有的簡潔性、靈活性優勢，在特定文體的特殊需求中逐漸產生並發展起來。

首先，由於量詞系統的發展，量詞分工和量詞使用的要求越來越嚴格，為解決多個名詞連用時量詞使用的問題，量詞連用便由此產生。劉世儒（1965：30）認為這是量詞發展中的一種過渡情況，由於量詞系統的發展，量詞開始分工，「一量對多名」的量詞混用情況逐漸被淘汰，量詞和名詞不能隨意搭配，面對量詞分化的新規範，「如果再只用一個量詞，就會使量詞和名詞發生不對

頭的毛病。為了解決這種矛盾，所以才逼出來這麼一個新辦法」。我們贊同劉先生的觀點，這其實是量詞使用的需求與量詞系統的發展無法滿足於量詞實際使用的矛盾。李建平（2017：255）指出「漢代使用量詞已經開始成為一種規範」，不同名詞與不同量詞間的對應更加嚴格，故在漢代出現了量詞連用的萌芽，但由於漢代量詞系統並未成熟，這種靈活地表量方式也未被普遍接受。直到隋唐五代，整個量詞系統迎來了大發展，新興量詞大量產生，量詞分工也更明確，於是在初唐，量詞連用真正產生並被廣泛使用，成為唐代量詞使用的一大特色。如，量詞分工使得需要用「匹」「頭」「口」分別稱量「馬」「牛」「羊」，但在查點牧群總數時，能同時稱量「馬」「牛」「羊」這三種動物的量詞並不存在，沒有一個可以囊括「匹」「頭」「口」的上位量詞，即存在下位量詞沒有與之對應的上位量詞的情況。要解決這一問題，另造一個上位量詞是困難的，也不符合語言簡潔性的要求，於是「頭匹口」連用應運而生。量詞鋪排分別對應不同的名詞，既可分別稱量，又可直觀反應事物總和，一舉兩得。

其次，「名＋數＋量」結構的發展為量詞連用提供了適宜的發展空間，特定文體的特殊需求則促使量詞連用不斷發展。李建平（2017：255）統計指出先秦時期數詞同名詞直接結合的稱數方式佔據絕對優勢地位，而兩漢文獻中使用量詞的稱數結構大大增加，其中「成書於西漢早期的馬王堆三號墓漢簡中524例物量表示法中『名＋數＋量』結構有314例之多，占總數的59.9%」。可見，「名＋數＋量」結構的大量使用為量詞連用提供了萌芽的「土壤」，量詞連用將兩個或更多的「名＋數＋量」結構集合成一個「多名＋數＋多量」結構，數詞在「多名」與「多量」間構成了對稱性格式，使得名量對應關係依然較為明確，如計量牛、馬時可表述為「牛五頭，馬五匹」，用量詞連用的方式則為「牛馬十頭匹」，後者行文更緊湊，也不會影響量詞分工，且可以強調總數量，是一種有效的表達方式。此外，特定文體的特殊需求則促使量詞連用不斷發展。漢代量詞連用已經萌芽卻未能產生、發展的重要原因應當是人們還未能有意識地將這種用法和特殊文體的表量需求緊密聯繫。因此，記帳、記實錄等特定文體的計量需求是促使量詞連用發展的重要原因，如王紹新（2018：824）所言，量詞連用「在文辭簡略的賬單裏，將物品種類及數量集中列出後，也要對其所用量詞有所交待，否則如以數詞結束，就會感到語句缺損，語意不確」。無論是唐宋的記帳式文體，還是明清的記實錄，其所記錄的內容都要求真實

性、嚴謹性，因此在量詞的使用上也相對嚴格，量詞連用符合這類文體的要求，這類文體的存在也使得量詞連用得以延續、發展。

再次，量詞連用結構的簡潔性符合語言表達的需求，這一結構的靈活性、開放性又使其適用於各種特定的數量表達環境。在「名＋數＋量」結構中，量詞連用將兩個或更多的「名＋數＋量」結構集中成一個「多名＋數＋多量」結構，一定程度上縮短了語言的長度，在表意相對明確的前提下使語言結構更簡潔、緊湊。且量詞連用並非結合緊密、具有較強穩固性的複合量詞，它是量詞使用方面的現象，其結構具有很強的靈活性和開放性。靈活、開放的結構使得各類量詞很容易進入到量詞連用中，還可根據具體稱量對象和實際使用需要臨時搭配、靈活增減，不斷湧現出新的量詞連用現象。因此，量詞連用現象無法窮盡式統計，大多數量詞連用也沒有明顯的搭配使用規律。

（二）量詞連用衰落的原因

隨著量詞連用的發展，可用於連用的量詞不斷增多，這一結構逐漸變得冗長，而冗長的形式不符合語言表達的明晰性原則；且隨著量詞系統逐漸成熟，一量對多名的矛盾不再突出，適於量詞連用發展的「名＋數＋量」結構占比逐漸減少，連用結構自身又有很強的不穩定性，於是量詞連用逐漸衰落。但一些兩個量詞連用的情況依然具備形式的簡潔性和表義的準確性，故在特殊文體中仍有使用。

首先，量詞連用不符合語言表達的明晰性要求。表義的明晰性是任何一種語言現象存在並發展的前提，冗長、隱晦的表達形式則不符合語言發展的要求，終將被淘汰。量詞連用有兩個發展方向：一是在長期連用過程中逐漸語法化為一個固定使用的名詞。這部分量詞連用會逐步固定下來，成詞後便不再是量詞連用，如《漢語大詞典》中「頭匹」條下：「1.量詞。牛馬驢騾等大牲畜的計量單位。2.亦作『頭疋』。指牲畜。」這裡的「量詞」並非一個量詞，而是量詞連用現象，在使用中可進一步語法化為代指牲畜的名詞，但現代漢語中也已不用。另一個方向是無法成詞的量詞連用結構，尤其是三個及以上的量詞連用，這部分量詞連用稱量鋪排在一起的多個名詞，形式上變得冗長，名量對應關係也已不再明確，甚至在很多語境中直接省略連用結構中具體的名詞，只出現連用的量詞。由於語言表達的明晰性要求，人們還是習慣一個名詞對應一個量詞的組合方式，難以接受一長串名詞對應一長串量詞的用法，量詞連用最終僅保留在

公文、記帳類書面語中稱量幾種事物的總量，逐漸為人們所淡忘。

其次，量詞連用的衰落同樣與量詞系統密切相關，隨著量詞系統的發展，量詞連用所適用的數量結構不符合數量表達的主流趨勢，於是量詞連用便逐漸消失。量詞連用多見於「名＋數＋量」結構，但隨著量詞系統的發展，「數＋量＋名」結構的占比逐漸增多，成為衡量量詞系統成熟度的重要指標。據考察，在 31 種隋唐筆記小說的數量表示法中，「數＋量＋名」結構雖然已有不少，但僅占使用量詞的數量結構的 15.2%；而到明代，在 20 部明代白話小說中，「數＋量＋名」結構占使用量詞的數量結構的 59.17%。〔註13〕可見，隨著量詞系統的發展，「數＋量＋名」結構逐漸成為數量表示法的主流，但量詞連用不適合出現在「數＋量＋名」結構中，因此，明清時期量詞系統逐漸成熟、完善，量詞連用反而逐漸衰落，除一些記實錄文體中需要用這種方式表達外，在小說等口語性較強的文獻中並不多見。

再次，量詞連用不具有穩定性。石毓智（2000：3）指出：「只有那些可以被人們感知的、穩定的現實規則才有可能反映到語言中的句法規律去。」量詞連用一般都是臨時的，有很強的靈活性，這使得量詞脫離這種結構與進入這種結構一樣簡單。因此，不同時代量詞連用都有不同特色，個體、集體與制度量詞也常混搭連用。雖然量詞連用也存在繼承與發展，但這些繼承與發展關係並非量詞內部的必然，也未能形成一個固定體系，故不易單獨討論，也常被人們忽略。一些量詞在長期連用中逐漸定型成詞，但更多的量詞連用無法成詞，特別是三個及以上的量詞連用現象，難以為現代漢語的詞類系統接受，無法成為量詞系統的固定成員。

最後，值得注意的是，量詞連用雖然衰落並逐漸消失，但至今並未消亡，在特殊場合下仍在使用，多為兩個量詞連用的情況。上文提到的「頭隻」等連用在新聞等書面語體中仍見用例，用「頭隻」稱量農戶蓄養的牲畜與單獨用「頭」或「隻」稱量牲畜不同，「頭」隱含有稱量牛、羊等大型牲畜的意味，而「隻」則隱含有稱量雞、鴨等小型牲畜的意味，「頭」「隻」連用使其稱量的「牲畜」形象更加具體化、豐富化，表義也更加準確。可見，一些兩個量詞連用的現象

〔註13〕具體數據詳參李建平《隋唐五代量詞研究》，濟南：山東人民出版社，2016 年第 244 頁；閆瀟《明代白話小說量詞研究》，山東師範大學碩士學位論文，2020 年第 212 頁。

符合新聞類文體準確、嚴密的書體風格，在特殊語境中具有單個量詞所無法替代的表量功能，仍具有其獨特的語義語用價值。

參考文獻

一、專著

1. 胡明揚編：《詞類問題考察》，北京：北京語言大學出版社，1996 年。
2. 北京大學中文系現代漢語教研室編：《現代漢語》，北京：商務印書館，2004 年。
3. 丁聲樹：《現代漢語語法講話》，北京：商務印書館，1961 年。
4. 高名凱：《漢語語法論》，北京：商務印書館，1986 年。
5. 郭紹虞：《漢語語法修辭新探》，上海：上海教育出版社，1979 年。
6. 郭先珍：《現代漢語量詞用法詞典》，北京：語文出版社，2002 年。
7. 郭先珍：《現代漢語量詞手冊》，北京：中國和平出版社，1987 年。
8. 何傑：《現代漢語量詞研究》，北京：北京語言大學出版社，2008 年。
9. 何樂士：《專書語法研究的幾點體會》，北京：商務印書館，2000 年。
10. 洪藝芳：《敦煌吐魯番文書中之量詞研究》，北京：文津出版社，2000 年。
11. 洪藝芳：《敦煌社會經濟文書中之量詞研究》，北京：文津出版社，2004 年。
12. 胡裕樹：《現代漢語》，上海：上海教育出版社，1979 年。
13. 惠紅軍：《漢語量詞研究》，四川：西南交通大學出版社，2011 年。
14. 黃伯榮，廖序東：《現代漢語》（下冊），北京：高等教育出版社，2002 年。
15. 金桂桃：《宋元明清動量詞研究》，湖北：武漢大學出版社，2007 年。
16. 李建平：《隋唐五代量詞研究》，濟南：山東人民出版社，2016 年。
17. 李建平：《先秦兩漢量詞研究》，北京：中國社會科學出版社，2017 年。
18. 黎錦熙：《新著國語文法》，北京：商務印書館，1992 年。
19. 黎錦熙，劉世儒：《漢語語法教材》，北京：商務印書館，1959 年。

20. 劉世儒：《魏晉南北朝量詞研究》，北京：中華書局，1965 年。

21. 陸儉明，瀋陽：《漢語和漢語研究十五講》，北京：北京大學出版社，2015 年。

22. 呂叔湘：《現代漢語八百詞》，北京：商務印書館，1981 年。

23. 呂叔湘：《中國文法要略》，北京：商務印書館，1982 年。

24. 呂叔湘：《呂叔湘文集》，北京：商務印書館，2004 年。

25. 呂叔湘，王海棻：《馬氏文通讀本》，上海：上海教育出版社，2005 年。

26. 齊裕焜：《明代小說史》，浙江：浙江古籍出版社，1997 年。

27. 邵敬敏：《漢語語法的立體研究》，北京：商務印書館，2000 年。

28. 邵敬敏：《現代漢語通論》，上海：上海教育出版社，2001 年。

29. 沈家煊：《不對稱和標記論》，南昌：江西教育出版社，1999 年。

30. 史存直：《漢語史綱要》，北京：中華書局，2008 年。

31. 石毓智：《語法的認知語義基礎》，南昌：江西教育出版社，2000 年。

32. 石毓智，李訥：《漢語語法化的歷程》，北京：北京大學出版社，2001 年。

33. 石毓智，李訥：《語法化的動因與機制》，北京：北京大學出版社，2006 年。

34. 孫一珍：《明代小說史》，北京：中國社會科學出版社，2012 年。

35. 太田辰夫：《中國語歷史文法》，北京：北京大學出版社，2003 年。

36. 王力：《漢語史稿》，北京：中華書局，1980 年。

37. 王力：《漢語語法史》，北京：中華書局，2014 年。

38. 王力：《龍蟲並雕齋文集》，北京：中華書局，1980 年。

39. 王紹新：《隋唐五代量詞研究》，北京：商務印書館，2018 年。

40. 吳福祥：《語法化與法研究》，北京：商務印書館，2007 年。

41. 向熹：《簡明漢語史》，北京：商務印書館，2010 年。

42. 邢福義：《現代漢語》，北京：高等教育出版社，1991 年。

43. 楊伯峻：《古漢語詞類通解》，北京：北京出版社，1998 年。

44. 楊伯峻，何樂士：《古漢語語法及其發展》，北京：語文出版社，1992 年。

45. 葉桂郴：《明代漢語量詞研究》，湖南：嶽麓書社，2008 年。

46. 趙元任：《漢語口語語法》，北京：商務印書館，1979 年。

47. 張靜：《漢語語法問題》，北京：中國社會科學出版社，1987 年。

48. 張永昱：《認知語言學視域下的漢語研究和習得》，上海：復旦大學出版社，2016 年。

49. 張志公：《語法和語法教學》，北京：人民教育出版社，1957 年。

50. 宗守雲：《集合量詞的認知研究》，上海：世界圖書出版公司，2010 年。

51. 朱德熙：《語法講義》，北京：商務印書館，2007 年。

二、期刊論文

1. 阿茹恒：《〈三國演義〉名量詞研究》，《漢字文化》2023 年第 17 期。

2. 貝羅貝：《上古、中古漢語量詞的歷史發展》，《語言學論叢》第 20 輯，北京：商務印書館，1998 年。

3. 陳躍：《〈紅樓夢〉量詞系統與唐宋元明量詞系統的比較》，《江漢大學學報（人文科學版）》2011 年第 1 期。

4. 陳福迎：《〈型世言〉方言量詞和特殊量詞研究》，《河池學院學報》2011 年第 3 期。

5. 崔麗，李建平：《兩宋話本中的量詞及其語法化研究》，《安順學院學報》2017 年第 6 期。

6. 刁晏斌：《複合量詞及量詞詞組簡論》，《術語標準化與信息技術》2008 年第 3 期。

7. 關英偉：《複合量詞的規範和偏離》，《漢語學習》1993 年第 5 期。

8. 關英偉：《也談「複合量詞」這個術語》，《漢語學習》1994 年第 6 期。

9. 關英偉：《複合量詞家族的新成員——和式複合量詞》，《池州師專學報》1995 年第 2 期。

10. 黃載君：《從甲文、金文量詞的應用考察漢語量詞的起源與發展》，《中國語文》1964 年第 6 期。

11. 惠紅軍：《〈金瓶梅〉量詞句法功能的語法等級》，《漢語史研究集刊》，成都：四川大學出版社，2008 年。

12. 金桂桃：《唐至清的量詞「件」》，《長江學術》2006 年第 1 期。

13. 金桂桃：《〈清平山堂話本〉中的個體量詞》，《嘉應大學學報》2002 年第 2 期。

14. 李若暉：《殷代量詞初探》，《古漢語研究》2000 年第 2 期。

15. 李愛民：《〈金瓶梅詞話〉專用動量詞研究》，《山東教育學院學報》2001 年第 4 期。

16. 李存周：《〈拍案驚奇〉中的同形動量詞》，《四川教育學院學報》2006 年第 3 期。

17. 李建平，張顯成：《漢語量詞語法化動因研究》，《西南大學學報（社會科學版）》2016 年第 5 期。

18. 李建平：《也談動量詞「頓」產生的時代及其語源——兼與王毅力先生商榷》，《語言研究》2013 年第 1 期。

19. 李建平，張顯成：《泛指性個體量詞「枚／個」的興替及其動因——出土文獻為新材料》，《古漢語研究》2009 年第 4 期。

20. 李若暉：《殷代量詞初探》，《古漢語研究》2000 年第 2 期。

21. 李小平：《〈齊民要術〉指稱植物的量詞「科」及其演變》，《衡陽師範學院學報》2011 年第 4 期。

22. 李宇明：《拷貝型量詞及其在漢藏語系量詞發展中的地位》，《中國語文》2000 年第 1 期。

23. 麻愛民：《漢語量詞重疊式歷時發展研究》，《語言研究》2014 年第 4 期。

24. 孟繁傑，李如龍：《量詞「片」的語法化》，《語言研究》2011 年第 3 期。

25. 龐佳：《〈水滸傳〉中量詞的修辭功能與表達效果》，《商業文化》2010 年第 5 期。

26. 曲建華：《〈水滸傳〉中常用動量詞探析》，《語文學刊》2011 年第 9 期。

27. 邵敬敏：《量詞的語義分析及其與名詞的雙向選擇》，《中國語文》1993 年第 2 期。

28. 邵敬敏：《動量詞的語義分析及其與動詞的選擇關係》，《中國語文》1996 年第 2 期。

29. 邵敬敏，周芍：《語義特徵的界定與提取方法》，《外語教學與研究》2005 年第 1 期。

30. 沈家煊：《「語法化」研究綜觀》，《外語教學與研究》1994 年第 4 期。

31. 宋玉柱：《關於「複合量詞」這個術語》，《漢語學習》1994 年第 2 期。

32. 王紹新：《量詞「個」在唐代前後的發展》，《語言教學與研究》1989 年第 2 期。

33. 王小敏：《〈水滸傳〉中量詞用法摭析》，《青海社會科學》2007 年第 6 期。

34. 王偉：《〈現代漢語詞典〉義項的增補》，《辭書研究》2017 年第 5 期。

35. 王希傑、關英偉：《複合量詞的規範和偏離》，《漢語學習》1993 年第 5 期。

36. 魏兆惠：《量詞「通」的歷史發展》，《漢語學報》2008 年第 1 期。

37. 許仰民：《論〈金瓶梅詞話〉的物量詞》，《信陽師範學院學報》2005 年第 1 期。

38. 葉桂郴：《明代新生量詞考察》，《古漢語研究》2008 年第 3 期。

39. 閆瀟，李建平：《明代新興量詞的辭書學價值》，《寧夏大學學報（社會科學版）》2019 年第 6 期。

40. 于燕：《〈西遊記〉中量詞使用的特點》，《甘肅聯合大學學報（社會科學版）》2009 年第 3 期。

41. 趙日新：《說「個」》，《語言教學與研究》1999 年第 2 期。

42. 趙忠江：《「個」的共時描寫與語法化歷程淺析》，《瀋陽師範大學學報》2009 年第 5 期。

43. 趙振鐸：《字典論稿》，《辭書研究》1991 年第 03 期。

44. 張啟睿，舒華，劉友誼：《漢語個體量詞認知研究述評》，《心理科學進展》2011 年第 4 期。

45. 張萬起：《試論現代漢語複合量詞》，《中國語文》1991 年第 4 期。

46. 周明強：《漢語量詞「個」的虛化特點》，《語文學刊》2002 年第 1 期。

47. 朱城：《從準確性看〈漢語大字典〉釋義誤用古注的問題》，《語言科學》2015 年第 5 期。

三、學位論文

1. 陳媛茜：《〈型世言〉量詞研究》，華中科技大學碩士學位論文，2015 年。

2. 曹方宇：《隋唐五代量詞研究》，南開大學博士學位論文，2010 年。

3. 崔麗：《元代戲曲量詞研究》，山東師範大學碩士學位論文，2019 年。

4. 董瀟：《北宋筆記量詞研究》，山東師範大學碩士學位論文，2018 年。

5. 惠紅軍：《〈水滸傳〉量詞研究》，貴州大學碩士學位論文，2006 年。

6. 韓笑：《〈初刻拍案驚奇〉〈二刻拍案驚奇〉量詞研究》，山西師範大學碩士學位論文，2010 年。

7. 呂鳳嬌：《〈金瓶梅詞話〉名量詞研究》，重慶師範大學碩士學位論文，2013 年。

8. 李洪林：《〈型世言〉量詞研究》，重慶師範大學碩士學位論文，2015 年。

9. 馬菁菁：《〈型世言〉量詞研究》，牡丹江師範學院碩士論文，2015 年。

10. 任小紅：《清代白話小說量詞研究》，山東師範大學碩士學位論文，2020 年。

11. 孫欣：《明代四大傳奇量詞研究》，廣西師範大學碩士學位論文，2004 年。

12. 徐晶晶：《〈三言〉量詞研究》，華東師範大學碩士學位論文，2008 年。

13. 徐策：《明清漢語「名數量」結構研究》，浙江師範大學碩士學位論文，2009 年。

14. 葉桂郴：《〈六十種曲〉和明代文獻的量詞》，湖南師範大學博士學位論文，2005 年。

15. 余敏：《〈西遊記〉的量詞研究》，上海外國語大學碩士學位論文，2009 年。

16. 閻瀟：《明代白話小說量詞研究》，山東師範大學碩士學位論文，2020 年。

17. 楊琳：《「二拍」量詞研究》，華東師範大學碩士學位論文，2009 年。

18. 張瀟瀟：《〈西遊記〉量詞研究》，西南大學碩士學位論文，2011 年。

19. 周靜怡：《〈金瓶梅〉集合量詞研究》，華東師範大學碩士學位論文，2014 年。

四、工具書

1. 〔漢〕許慎：《說文解字》，北京：中華書局，1963 年。

2. 〔南朝梁〕顧野王：《玉篇》，北京：中華書局，1987 年。

3. 〔清〕段玉裁：《說文解字注》，上海：上海古籍出版社，1981 年。

4. 羅竹風（主編）：《漢語大詞典》，上海：上海辭書出版社，1993 年。

5. 鄒華清（主編）：《漢語大字典》，四川：四川辭書出版社，2010 年。

6. 白維國（主編）：《近代漢語詞典》，北京：中華書局，2008 年。

附錄一　明代白話小說量詞總表

（總計 323 個，不包括借用量詞）

明代白話小說名量詞總表（289 個，不包括借用量詞）

	泛指型3		1.個 2.枚 3.介
個體量詞170	外形特徵型68	點狀	1.點 2.滴 3.顆 4.粒 5.丸 6.珠 7.星₁ 8.零星
		片面狀	1.片 2.面 3.方 4.幅 5.餅 6.張 7.爿* 8.頁*
		線狀	1.條 2.絲 3.道(到) 4.帶 5.管 6.根 7.枝 8.支 9.莖 10.竿 11.線 12.炷（柱）13.股 14.杆 15.挺
		塊狀	1.塊 2.錠 3.爨
		團狀朵狀	1.團 2.朵
		動狀	1.起₁ 2.封 3.緘 4.通₁ 5.架 6.截 7.握₁* 8.番 9.陣 10.頓 11.餐 12.搭（答）13.牽 14.出₁* 15.折（摺） 16.執* 17.場₁ 18.鋪
		其他	1.輪 2.眼₁ 3.瓣 4.笏 5.彎 6.鉤 7.規 8.峰 9.盤 10.格* 11.痕 12.葉 13.圍₁ 14.臺
	非外形特徵型99	替代型	1.頭₁ 2.角₁ 3.口₁ 4.尾 5.柄 6.端₁ 7.派（泒） 8.把₁ 9.腳₁ 10.肩 11.肘* 12.腔 13.腿* 14.紐 15.領 16.軸 17.碗₁ 18.盞₁ 19.羥
		憑藉型	1.處 2.所 3.區 4.頂 5.床₁ 6.帖 7.紙 8.腰 9.家 10.席 11.筵
		專指型 部分類	1.節 2.段₁
		專指型 人員類	1.員 2.位 3.名 4.房 5.輩 6.籌* 7.眾₁

		動植物類		1.株 2.棵（科）3.匹₁ 4.騎
		層次類		1.重 2.層 3.疊
		書畫、言語類		1.卷 2.本 3.篇 4.首 5.章 6.句 7.聯 8.律 9.闋 10.冊 11.策 12.曲 13.回₁*
		等級類		1.等 2.級 3.品 4.流 5.階
		交通工具類		1.架* 2.輛 3.乘 4.艘 5.艇* 6.駙
		房屋建築類		1.間 2.堵 3.座 4.楹 5.棟 6.椽
		物品類		1.件 2.事
		品種類		1.種 2.般 3.樣 4.款 5.色 6.類 7.科
		藥物類		1.服 2.貼 3.帖 4.料 5.劑
		佛像類		1.尊 2.軀
		其他類		1.隻 2.味 3.椿（椿、壯、裝、莊）4.號 5.項 6.撅 7.幢
集體量詞 82	外形特徵型 53	動狀	手動類	1.抬* 2.扛* 3.攢 4.掬 5.抔 6.撮 7.把₂ 8.捏 9.握₂ 10.拿* 11.撚₁
			包束類	1.束 2.包 3.裹 4.捆
			分合類	1.份* 2.分₁ 3.停
			堆積類	1.堆 2.坯* 3.聚 4.垛
			其他類	1.挑* 2.窩 3.掛（卦）* 4.馱 5.編 6.弄 7.些 8.注（主）9.擔 10.起₂ 11.抹 12.進* 13.撥*
		叢簇狀		1.叢 2.簇
		線狀類		1.行 2.隊 3.串 4.簽 5.牙* 6.縷 7.絡（柳）8.溜 9.排* 10.綜*
		其他類		1.圈₁* 2.窪* 3.陌 4.泓 5.灘 6.攤
	非外形特徵型 29	特約類	特定數量類	1.刀* 2.對 3.雙 4.緉
		專指類	群體類	1.群 2.夥 3.干 4.班 5.黨* 6.輩 7.標 8.幫* 9.眾₂ 10.部
			組套類	1.副（付）2.套 3.襲 4.路 5.床₂ 6.具 7.藏
			家庭類	1.家 2.戶 3.門 4.房
			其他類	1.窠 2.彪 3.批* 4.宗
借用量詞	容載型			杯 甌 壺 觴 杓 卮 樽（墫、尊）旋（鏇）鍾 盅 盞₂ 罍 瓢 觚 壇 缸 盂 碟（楪）碗₂ 盤 盆 缽 掇 罐 甕 埕 爵 角₂ 桶 匣 爐 籃 簾 籮 筒（箭）筐 奩 囊 篋 箱 籠 篩 簀 鍋 袋 櫃 瓶 觥 匙 勺 簋 豆 盒（合）倉 困 廂 車 船 舟 艙 棹 錫壺 銅盆 舡 艎 缽 盂 缽頭 素子（素兒）布袋 笊籬 箱籠 皮箱 扇籠 葫蘆 花瓶 刀圭 弔桶……

	附容處所型		溪 崖 山 川 嶺 江 河 潭 池 湖 灣 穴 洞 窖 塘 岸 塢 天 地 沼 窟 宇 簷 堂 殿 廊 寺 廡 筵 屋 庫 庭（廷）院 府 衙 宅 街 城 井 洲 堤 林 樹 路 途 徑 田 蕩 隙 園 丘 村 桌 硯 橋 帆 箸（筯）籬 床₃ 枕 簾 窗 軒 扃 架 棚 壁 龕 樓 臺 帙 函 襆 店 門首 鋪子 行架 袖 衣 襟 帕子 兜子 抱裙 鞋幫 手 肩 臂 肚 肚子 肚皮 胞胎 腋 胸 頭₂ 臉 眼₂ 鬢 頰 眶 嘴₁ 身 腳₂……
	估量型		抱 把₃ 撚₂ 搦 望 握₃ 提 箭 篙 指 程 周遭₁ 周圍 榻 畦 引 槓 圍₂ 叉*……
制度量詞 37	度量衡量詞	度制	1.釐 2.寸 3.尺 4.毫 5.丈 6.步₁ 7.里 8.忽 9.仞 10.舍 11.尋 12.索
		量制	1.石 2.斛 3.斗 4.升 5.合₁
		衡制	1.秤 2.斤（觔）3.鎰 4.兩 5.錢 6.分₂ 7.鈞
	面積		1.頃 2.畝
	貨幣		1.弔* 2.貫 3.文 4.緡 5.金 6.索 7.星₂ 8.串
	布帛		1.匹₂（疋）2.端₂ 3.段₂

明代白話小說動量詞總表（34個，不包括借用量詞）

動量詞	專用動量詞 34	計數動量詞	1.度 2.回₂ 3.次
		整體動量詞	1.遍 2.局 3.頓₂ 4.餐₂* 5.合₂（回合）6.任 7.過 8.盤 9.料*
		空間動量詞	1.遭（周遭₂、造）2.巡 3.場 4.轉
		持續動量詞	1.番₂ 2.通₂ 3.陣₂ 4.覺
		短時動量詞	1.下 2.上 3.歇 4.和（火*）5.會 6.霎
		伴隨動量詞	1.趟* 2.泡* 3.替* 4.匝 5.弄 6.面 7.周 8.課
	借用動量詞	器官動量詞	口₂ 腳₃ 掌 拳 嘴₂ 眼₃ 頭₃ 巴掌 嘴巴 鼻子……
		工具動量詞	杖 鞭 棍 棒 箭 劍 刀 斧 拐 板 槍 錘 叉 刷 筆 卦 簽 竹片 竹篦 扇把子 荊條 掛箱 皮鞭 馬鞭 訊棍 欄干棍 棒頭 見風棒 背花棒 毛板 板子 扁拐……

伴隨動量詞		步₂ 聲 跤（交） 跌 程 剔 看 劃 撒 掣 圈₂ 摸 抖 著 吹 蕩 問訊 潑 飽 滾 操 把₄ 恭 箍 奪 抿 抽 驚 躬 揖 攛 跳 打合……
同形動量詞		相見 拜見 商量 分派 消遣 點化 瞅睬 光輝 風光 品評 指引 消除 講說 賞鑒 爽蕩 遊玩 祈禱 拜望 超度 挈帶 撿點 斗膽 搭救 磨擦 奉敬 餞別 親目 尋訪……

注：帶*的為明代新興量詞

附錄二　語料簡介

本文在語料選擇中以口語性較強的五十五部明代白話小說作為語料來源，現對語料的版本等基本情況簡述如下。

明代前中期

1.《三國演義》

明代羅貫中撰，共一百二十回，是我國第一部章回體長篇歷史演義小說，全稱《三國志通俗演義》。本文所用材料據人民文學出版社 2010 年版。

2.《水滸傳》

明代施耐庵撰，共一百二十回，成書於明初，又名《忠義水滸傳》，初名《江湖豪客傳》，簡稱《水滸》，全書定型於明朝。另有七十回、一百回、一百二十回等不同版本。本文據人民文學出版社 2004 年版。

3.《三遂平妖傳》

全稱《北宋三遂平妖傳》，又名《新平妖傳》，明羅貫中著，共四卷，是中國小說史上第一部長篇神魔小說。羅貫中根據民間傳說、歷史事實、市井流傳的話本整理而編成。本文據中華書局 1991 年版《古本小說叢刊》本。

4.《西遊記》

明代吳承恩撰，共一百回，成書於明嘉靖時期，是我國古代第一部浪漫主

義長篇神魔小說,是魔幻現實主義的開創作品。本文據人民文學出版社 2010 年版。

5.《東遊記》

又名《八仙出處東遊記》《上洞八仙傳》,共二卷五十六回,明代吳元泰著。內容為八仙得道修煉成仙的神話傳說以及兩次戰爭。本文據《古本小說集成》本,上海古籍出版社 1994 年版,並參浙江古籍出版社 1988 年整理本。

6.《南海觀世音菩薩出身修行傳》

或名《觀音出身南遊記傳》,明嘉靖間人朱鼎臣編,是一部長篇小說,共四卷二十五回。分別講述觀世音艱辛修行和點化善才龍女,收伏青獅白象的故事。本文據《全像觀音出身南遊記傳》,上海古籍出版社 1990 年版。

7.《封神演義》

明代許仲琳撰,共二十卷一百回,約成書於隆慶、萬曆年間,以姜子牙輔佐周室伐商紂的歷史為背景,描述了諸仙鬥智鬥勇封神的故事。本文所用材料據中華書局 2013 年整理本。

8.《英烈傳》

原題郭勳編,但學界多以為偽託,作者不詳,成書於萬曆年間,現存最早刊本是萬曆十九年刊本;今本共四卷。該書改編自民間流傳故事,主要敘述元末朱元璋率兵起義並傾覆元朝統治、創立明政權的過程。本文據中華書局 2013 年整理本。

9.《金瓶梅詞話》

明代蘭陵笑笑生撰,共一百回,成書於明萬曆年間,是一部豔情長篇小說,以市井人物與世俗風情為描寫中心,從現實生活中取材,開此類小說之先河。本文據人民文學出版社 2008 年版。

10.《南北兩宋志傳》

包括《南宋志傳》和《北宋志傳》各五十回,明代陳繼儒、熊大木編纂的歷史演義小說。一卷至十卷為《南宋志傳》,陳繼儒編纂;十一卷至二十卷為《北宋志傳》,熊大木編纂。本文據《古本小說叢刊》第 34 輯《南北兩宋志傳題評》,中華書局 1991 年版。

明代後期

11.《飛劍記》

全稱《鍥唐代呂純陽得道飛劍記》，今存二卷十三回，題安邑竹溪散人鄧氏編，竹溪散人鄧氏即鄧志謨。有萬曆間萃慶堂刊本。本文據《古本小說集成》本，上海古籍出版社 1994 年版，並參浙江人民美術出版社 2017 年整理本。

12.《咒棗記》

或名《薩真人得道咒棗記》，明代神魔小說，鄧志謨撰，有明萃慶堂刊本，正文卷端題「鍥五代薩真人得道咒棗記」，末署「竹溪散人題，時萬曆癸卯季秋之吉」，據此知書成於萬曆三十一年。本文據上海古籍出版社 1994 年版《古本小說集成》本。

13.《喻世明言》

明末馮夢龍纂輯，是白話短篇小說集，共二十四卷，初版名《古今小說》，全稱《全像古今小說》，後重印改名為《喻世明言》，刊出時間約為公元 1620～1624 年。本文所用材料據人民文學出版社 1958 年校注本。

14.《警世通言》

明末馮夢龍纂輯的白話短篇小說集，共四十卷，共收錄 40 篇來自宋、元、明時期的話本、擬話本，但都經過一定的加工、整理，最初版本是 1624 年金陵兼善堂刊本，藏於日本東京大學的東洋文化研究所。本文據人民文學出版社 1956 年校注本。

15.《醒世恒言》

明末馮夢龍纂輯的白話短篇小說集，共四十卷，收錄了宋、元以來話本、擬話本 40 篇，但都經過不同程度的加工、整理，始刊於 1627 年。本文據人民文學出版社 1956 年校注本。

16.《初刻拍案驚奇》

明末凌濛初所著的一部短篇小說集，完稿於明天啟七年，次年由尚友堂書坊刊行，共四十卷，為四十個獨立故事；題材大多取自前人材料如《太平廣記》《夷堅志》等，但都經過再加工、再創作。本文據人民文學出版社 1991 年校注本。

17.《二刻拍案驚奇》

因《拍案驚奇》刊行以後廣受歡迎，凌蒙初應書商之請續作，完成於崇禎五年，合稱「二拍」。共四十卷，每卷一篇，其中第二十三卷與《初刻拍案驚奇》卷二十三相同，卷四十已亡佚。本文據人民文學出版社 1996 年校注本。

18.《型世言》

或名《崢霄館評定通俗演義型世言》，陸人龍著，是一部擬話本小說，共十卷四十回，刊行於崇禎五年。本文所用材料據中華書局 1993 年覃君點校本。

19.《醋葫蘆》

《醋葫蘆》，作於明朝末年，原題西子湖伏雌教主編，四卷二十回。首序末署「筆耕山房醉心西湖心月主人題」字樣，卷首有崇禎二年翠娛閣主人序，各回有不同的評批者。本文據上海古籍出版社 1994 年版《古本小說集成》影筆耕山房本。

20.《歡喜冤家》

或名《豔鏡》《歡喜奇觀》等，成書於明末，不題撰人。首卷有序，編者或為西湖漁隱。是一部短篇白話小說的合集，共二十四回，演述二十四個完整的故事。本文據上海古籍出版社 1994 年版《古本小說集成》影山水鄰原刊本。

21.《鼓掌絕塵》

或稱《新鐫出像批評通俗演義鼓掌絕塵》，分風、花、雪、月四集，共四十回，是一部短篇白話小說合集，每集十回一個故事。前三集題「古吳金木散人編」，第四集題「古吳金木散人撰」。《鼓掌絕塵題辭》作於崇禎四年，應為小說編撰刊行時間。本書據上海古籍出版社 1994 年版《古本小說集成》本。

22.《情史》

或名《情史類略》《情天寶鑒》，共二十四卷，《情史敘》署「吳人龍子猶敘」；次《敘》署「江南詹詹外史述」；次總目則題「江南詹詹外史評輯」。有明刻本，清芥子園刻本等，詹詹外史應為馮夢龍別號。本文據明馮夢龍輯評《情史》，浙江古籍出版社 2011 年版。

23.《石點頭》

此書當晚於「三言」，刊於明崇禎初年，原署「天然癡叟著」。共十四卷，

每卷各演一個故事，為明代擬話本集，多得自馮夢龍所編《情史》。本文所用材料據《石點頭》，黑龍江美術出版社 2015 年版。

24.《檮杌閒評》

或名《明珠緣》，總論一卷，共五卷五十回，是明末揭露宦官魏忠賢的小說。作者不詳，或認為是明代李清所著，刊刻年代可能在清康熙、雍正年間。本文據劉文忠校點的人民文學出版社 2006 年版。

25.《西湖二集》

周楫撰，字清源，號濟川子。是一部明末擬話本小說集，共三十四卷，每卷一篇。刊行年代約在明崇禎年間（鄭振鐸先生考證）。每篇故事都與杭州西湖有關，書中曾提及另有《西湖一集》，未傳世。本文據人民文學出版社 2006 年版。

26.《禪真逸史》

或稱《新鐫批評出像通俗奇俠禪真逸史》《殘梁外史》《妙相寺全傳》等。明末方汝浩編撰，共八卷四十回，成書於明天啟年間。從刊行人夏履先書前所撰《凡例》可知元代有一個內府舊本，今本在原作基礎上鋪演成四十回的規模。本文所用材料據《古本小說集成》影印本，上海古籍出版社 1994 年版，參華夏出版社 2015 年整理本。

27.《今古奇觀》

明代白話短篇小說的選集，共四十篇，多出自馮夢龍的「三言」以及凌蒙初的「二拍」。該本題「抱甕老人訂定」，一般認為刊刻時間為崇禎五年至崇禎十七年之間。本文所用材料據人民文學出版社 1991 年校注本。

28.《牛郎織女傳》

或名《新刻全像牛郎織女傳》，共四卷，卷端下題「儒林太儀朱名世編，書林仙源余成章梓」。朱名世約明神宗萬曆初在世，余成章約萬曆至天啟年間在世；現存有明代萬曆年間刻本。本書據上海古籍出版社 1994 年版《古本小說集成》本。

29.《三教偶拈》

明朝馮夢龍編，此書共分三集，即《皇明大儒王陽明先生出身靖亂錄》《濟

顛羅漢淨慈寺顯聖記》和《許真君旌陽宮斬蛟傳》，分別輯錄了儒、釋、道三篇小說，體現三教合一的思想。本書據上海古籍出版社 1994 年版《古本小說集成》本。

30.《混唐後傳》

或名《大唐後傳》《繡像混唐平西傳》《繡像薛家將平西演傳》，明代鍾惺編撰，講述了薛仁貴一家平西的故事，後一部分與《隋唐演義》內容相似，共 37回。本文據《古本小說集成》本，上海古籍出版社 1994 年版，並參華夏出版社2016 年整理本。

31.《國色天香》

明代吳敬所撰，專寫世俗男女之事。本文據徐朔方、章培恒、安平秋、柳存仁等編《古本小說集成》本，上海古籍出版社 1994 年版，並參考了白春平、楊春爽點校本《國色天香》，華夏出版社 2012 年版。

32.《東西晉演義》

或稱《繡象東西晉全志》，明代楊爾曾撰，共十二卷五十回。是一部歷史演義小說，分《西晉演義》和《東晉演義》兩部。本文所用材料據《古本小說集成》，上海古籍出版社 1994 年版，並參遠方出版社 2014 年整理本。

33.《隋史遺文》

明代袁於令著，全書凡十二卷六十回，據晚明說唱文學編寫的，是一部英雄傳奇小說，主要人物有秦瓊、程咬金等，塑造了一批栩栩如生的草莽英雄。本文所用材料據《古本小說集成》，上海古籍出版社 1994 年版，並參人民出版社 2006 年版。

34.《東度記》

又稱《掃魅敦倫東度記》，明代方汝浩編纂，共一百回，是明末的一部神魔小說，敘述達摩老祖由南印度出發往震旦國闡化的歷程。本文據《明代小說輯刊》，巴蜀書社 1993 年版。

35.《韓湘子全傳》

或稱《韓湘子得道》《韓昌黎全傳》《韓湘子十二度韓昌黎全傳》等，共八卷三十回，第一回署「錢塘雉衡山人編次」，即明代楊爾曾編次，有天啟三年影

印版。本文據上海古籍出版社 1994 年版《古本小說集成》本。

36.《包龍圖判百家公案》

或稱《包公案》《龍圖公案》《京本通俗演義包龍圖百家公案全傳》《龍圖神斷公案》，明錢塘散人安遇時纂，共十卷一百回，刊於明萬曆二十二年。本文所用材料據中華書局 1990 年版《古本小說叢刊》本。

37.《遼海丹忠錄》

明代陸人龍撰，八卷四十回，成書於崇禎三年。記敘了明軍，以毛文龍、陳繼盛等人為代表率東江軍與後金之間的戰爭。本文所用材料據《古本小說叢刊》本，中華書局 1990 年版。

38.《杜騙新書》

晚明張應俞撰，共四卷。似小說但又非章回體，分二十四類，以故事形式講述了晚明社會各種各樣的騙局。本文所用材料據《古本小說叢刊》本，中華書局 1990 年版。

39.《楊家府通俗演義》

全稱《楊家府世代忠勇通俗演義志傳》，共八卷五十八則，題「秦淮墨客校閱，煙波釣叟參訂」。秦淮墨客為紀振倫，字春華。據北宋楊業、楊延昭的事蹟演義，講述楊家四代人駐守北疆、精忠報國的故事。本文據上海古籍出版社 1994 年版《古本小說集成》。

40.《于少保萃忠全傳》

明代孫高亮撰，共十卷，約成書於萬曆年間，該書是以明代民族英雄于謙為傳主的長篇歷史傳記小說。本文所用材料據人民文學出版社孫一珍校點本，1988 年版。

41.《南遊記》

或名《五顯靈官大帝華光天王傳》《南遊華光傳》，明代余象斗撰，成書於明萬曆年間，四卷十八回。是中篇神魔小說，講述了華光三次投胎轉世，降妖伏魔，尋母救母的故事。本文據上海古籍出版社 1994 年版《古本小說集成》本。

42.《七十二朝人物演義》

或稱《七十二朝四書人物演義》，共四十卷，作者不詳，明朝崇禎年間作品。有兩種版本，一種是明刊本，還有清光緒丁酉上海十萬卷樓石印本。本書據上海古籍出版社 1994 年版《古本小說集成》本，並參書目文獻出版社 1988 年版。

43.《隋煬帝豔史》

齊東野人著，成書於崇禎年間，凡四十回，故事主要講述隋煬帝種種奢靡生活。本書據上海古籍出版社 1994 年版《古本小說集成》本，並參長江文藝出版社 2004 年版。

44.《一片情》

明末白話小說，不題撰人，首序後署「沛國樗仙題於西湖舟次」。共四卷十四回，每回獨立演繹一個故事，題材多為男女情事，涉及淫穢描寫。本文所用材料據《古本小說叢刊》本，中華書局 1991 年版。

45.《貪欣誤》

明代短篇小說，作者為羅浮散客，共二卷六回，約五萬字，每回講述一個故事，對於瞭解明代市井生活有很大價值。本文據上海古籍出版社 1994 年版《古本小說集成》本。

46.《八段錦》

原題「醒世居士編集」「樵叟參訂」，多取材於前人話本集，如第一段出自《喻世明言》第三卷、第二段出自《一片情》第十一回等，據此知該書當為明末擬話本小說選集。本文所用材料據上海古籍出版社 1994 年版《古本小說集成》本。

47.《弁而釵》

醉西湖新月主人撰，共分四集，分別為「情貞記」「情俠記」「情烈記」「情奇記」，每集五回，共二十回，現存明崇禎間筆耕山房刊本。本文所用材料據上海古籍出版社 1994 年版《古本小說集成》本，並參天一出版社 1985 年版。

48.《宜香春質》

醉西湖新月主人撰，明晚期作品，分風、花、雪、月四集，主要圍繞當時盛行的同性戀風氣，敘述揭露了很多南風現象中一些小官和男寵的醜惡面，現

存明崇禎間筆耕山房刊本。本文所用材料據上海古籍出版社 1994 年版《古本小說集成》本。

49.《螢窗清玩》

作者不詳，四卷，分別描寫青年男女悲歡離合的愛情故事。卷一、卷二為《新訂螢窗清玩花柳佳談全集》，卷三、卷四為《新鐫古今遇花柳佳談全集》，每卷一篇，每篇之後有《總論》。本文據上海古籍出版社 1994 年版《古本小說集成》本，並參中國文史出版社 2003 年整理本。

50.《皇明諸司廉明奇判公案》

或稱《廉明公案》，共二卷，存萬曆二十六余象斗自序本。上卷分人命、盜賊、姦情三類，共三十七篇；下卷分罪害、婚姻、鬥毆等十三類，共六十八篇；凡一百零五篇，續編為《皇明諸司公案》。本文所用材料據中華書局 1991 年版《古本小說叢刊》本。

51.《大宋中興通俗演義》

又名《武穆精忠傳》《大宋演義中興英烈傳》等，明代小說家熊大木撰，是一部演義小說著作。熊大木，號鍾谷，鰲峰後人，明代嘉靖、萬曆年間在世。本文據上海古籍出版社 1994 年版《古本小說集成》本。

52.《燕居筆記》

或稱《新刻增補全相燕居筆記》，明代何大掄撰，林近陽增編，成書於明萬曆年間。現存版本主要有明萬曆萃慶堂余泗泉刊林近陽編集本，明萬曆大盛堂李澄源刊何大倫編集本。本文據上海古籍出版社 1994 年版《古本小說集成》本。

53.《北遊記》

或名《玄帝出身志傳》《北方真武玄天上帝出身志傳》，明代余象斗撰，共四卷二十四回，成書於明萬曆年間，是一部中篇神魔小說，講述了真武大帝得道後降妖除魔的相關故事。本文所用材料據中華書局 1991 年版《古本小說叢刊》本。

54.《殘唐五代史演義傳》

又名《五代殘唐》，編年體歷史小說，明朝李卓吾批點本，八卷六十回，題

「羅貫中編輯」，描述了從黃巢起義到陳橋兵變這段動盪興衰時期的歷史。本文所用材料據上海古籍出版社 1994 年版《古本小說集成》本。

　　55.《五鼠鬧東京》

　　或名《五鼠鬧東京包公收妖傳》，共二卷，作於明代，不題撰人。本文所用材料據中華書局 1991 年版《古本小說叢刊》本，並參《古本小說輯刊》第 2 輯，巴蜀出版社 1993 年版。